아버지와 아들의 교향곡

A SYMPHONY OF FATHER AND SON

아버지와 아들의 교향곡

A SYMPHONY OF FATHER AND SON

금수현·금난새 지음

다선
책방

차례

◆ **제1악장** ◆ **거리에서 본 풍경**

◆ 제2악장 ◆ 사람 속마음 들여다보기

◆ 제3악장 ◆ 생각이 보배다

◆ 제4악장 ◆ 인생은 음악과 같다

프롤로그

세모시 옥색 치마

아버지 하면, 사람들은 가곡 「그네」를 먼저 떠올립니다. 그래서인지 저 역시 이 노래에 대한 애착이 남다릅니다. 아버지가 이 곡을 작곡하신 건 제가 태어나던 1947년 무렵입니다. 일본 유학을 마치고 귀국한 아버지는 부산에서 음악 교사로 일하면서 제자인 어머니를 만나 결혼했는데, 어머니의 어머니, 즉 아버지의 장모님은 소설가였습니다. 제 외할머니인 김말봉 작가님은 글재주가 탁월해 여러 권의 인기 소설과 수 편의 시를 남기셨습니다. 가곡 「그네」는 아버지가 장모님의 시를 읽고 영감을 받아 곡을 붙임으로써 세상에 나오게 되었습니다.

'세모시'는 올이 가늘고 고운 모시를 말합니다. 통풍이 잘돼 여름철 더없이 시원한 고급 옷감입니다. 세모시 저고리를 입고 은은한 옥구

슬 색 치마를 두른 아가씨가 금색 댕기로 묶은 긴 머리를 하늘 높이 휘날리며 그네를 타는 모습은 누가 봐도 아름답기 그지없을 겁니다. 아버지가 외할머니의 시를 보자마자 이 곡을 단박에 만드신 것은 아마도 그네 타는 여인으로 어머니를 염두에 두었던 때문 아닐까 싶습니다. 아무튼 아버지는 이 한 곡으로 아내에 대한 사랑은 물론 장모님에 대한 효성까지 모두 표현하셨습니다.

자주 만나지 못했지만 외할머니에 대해 또렷이 기억나는 장면이 있습니다.

"너는 20세기 로맨티시스트가 될 거야."

언젠가 저를 보고 이렇게 말씀하신 것이 제게 좋은 추억이 되었습니다.

아버지는 굉장히 과묵한 분이었습니다. 그런데 어디선가 약주 한잔 드신 날이면 전혀 다른 분이 되시곤 했습니다. 이야기가 막힘없이 술술 나왔으니까요. 책을 많이 읽고 글 쓰는 걸 좋아하셨기에 평소 하실 말씀은 많았지만 참았다가 술기운을 빌려 이야기보따리를 풀어놓으시는 것 같았습니다. 저희 형제들은 조용한 아버지보다 이야기꾼 아버지를 더 좋아했습니다. 그래서 아버지께서 약주를 드신 날은 밤 늦도록 이야기꽃을 피우곤 했습니다. 우스갯소리로 만약 도둑이 우리 집에 들어온다면 '이 집 사람들은 왜 잠도 안 잘까?' 고민하면서 기다리다 지쳐 포기하고 다른 집으로 가 버릴 거라고 말하기도 했습니다.

대학생 때 아버지와 함께 라디오 방송에 출연한 일이 있었습니다. 방송을 마치고 나오는데 아버지께서 봉투에서 돈을 꺼내 제게 건네며 말씀하셨습니다.

"자, 이건 네 몫이다."

출연료를 반씩 공평하게 나누신 겁니다. 방송 출연은 아버지 덕분에 하게 되었으니 출연료를 혼자 다 가지셔도 되는데 그걸 정확히 계산해주신 것이죠.

아버지는 음악과 문학, 영화 등 예술을 사랑했던 분입니다. 이런 소양은 대부분 자식들에게 그대로 전수되는 것 같습니다. 아버지는 돈키호테 같은 분이었습니다. 구태의연한 걸 아주 싫어하셨고, 변화무쌍한 걸 매우 좋아하셨습니다. 늘 도전하면서 모험을 즐기는 스타일이었습니다.

아버지가 문교부 편수관이 되어 서울로 이사를 하면서 우리 가족 모두는 정든 고향을 떠나 서울에서 살게 되었습니다. 비교적 안정된 생활 속에 서울에서 공부할 수 있게 된 것은 다 아버지 덕분입니다. 하지만 아버지가 정치에 관심을 기울이면서 경제적으로 어려움을 겪기도 했습니다. 그때 저는 괴로움을 술로 달래는 아버지를 보며 평소에 술을 자제하게 되었습니다.

아버지는 제게 단 한 번도 이래라저래라 말씀하신 경우가 없습니다.

"난새야, 네가 하고 싶은 것, 좋아하는 일을 해라."

이런 말씀만 하셨습니다. 제 동생들에게도 마찬가지입니다. 참 민주적이면서도 자유로운 영혼을 가진 분이었습니다. 저에게 아버지는 정말 매력 있는 분이었습니다. 성공을 했든 아니든 언제나 자신의 소신을 가지고 살다 가신 분입니다.

올해는 아버지가 세상에 오신 지 꼭 100년이 되는 해입니다. 아버지는 1919년 3·1운동이 일어났던 해에 태어나셨습니다. 의학이 발달하면서 100세 넘게 사시는 분들이 많은 요즘 기준으로 보자면 아버지는 너무 일찍 돌아가셨습니다. 어느덧 제가 아버지 돌아가셨을 즈음의 나이가 되었습니다. 그래서일까요? 근래 들어 아버지가 더욱 그립습니다.

이 책은 아버지를 그리워하고 존경하는 마음을 담아 자식들을 대표해 아버지와 제가 함께 쓴 글들로 엮었습니다. 아버지는 1962년 3월부터 6월까지 모 일간지에 짧은 칼럼을 연재하셨습니다. 연재가 끝난 뒤에는 이를 모아 『거리의 심리학』이라는 책으로 펴내셨습니다.

본래 그 책에는 글 100편이 실려 있었는데, 요즘 독자들에게 친숙한 글로 75편을 추려 다듬은 뒤 나머지 25편의 글을 제가 새로 썼습니다. 그래서 다시 100편이 되었습니다. 좀 색다르게 책을 '아버지와

「그네에서 그림까지」 금수현 가곡 걸작집 LP 커버

아들의 교향곡A Symphony of Father and Son'으로 꾸며봤습니다. 제1악장부터 제3악장까지의 글이 아버지가 쓴 글이고, 마지막 제4악장의 글이 제가 쓴 글입니다.

아버지의 글 속에 담긴 기발한 생각과 웃음을 자아내는 이야기들이 많은 사람들에게 즐거움을 선사할 수 있기를 바라면서, 아들인 제가 대신 감사의 마음을 전합니다.

2019년 초겨울, 아버지를 생각하며

아들 금난새

거리에서 본 풍경

금수현

◆◆◆

손실보다 만족감

한 포수가 사냥을 나갔는데, 하루 종일 꿩 한 마리를 못 잡은 채 힘없이 산을 내려오고 있었다. 이 광경을 아침부터 봐오던 산돼지 한 마리가 그를 딱히 여겨 어떻게 위로라도 해줄 양으로 포수 앞을 지나 갔다.

포수는 기뻐서 방아쇠를 당겨 "꽝!" 하고 쏘았다. 때는 이미 황혼이 라 맞을 리 없었으나, 산돼지는 일부러 나뒹굴었다. 포수의 기쁨은 말 할 나위 없어 재빨리 허리에 찬 줄로 산돼지 발을 묶으려고 했다. 그 때 한 길손이 지나다가 말을 걸었다.

"여보, 큰 산돼지를 잡았구려? 그걸 내게 파시오."

"아, 값만 맞는다면야……."

"값은 임자가 말하시오."

"1천 원은 받아야겠소."

"3백 원이면 족하오. 언제 잡은지도 모르는 것이기에."

"돈이 없어 못 산다고 그럴 것이지. 방금 잡은 놈을 언제 잡았는지 모른다는 게 무슨 트집이오?"

도대체 사고 싶은 생각도 없으면서 흥정 붙이기를 좋아하는 이 싱거운 길손은 빈정거리듯 이렇게 말했다.

"그럼 피를 보면 알 테니 어디 총구멍이나 보여주구려."

화통이 터진 포수는 총구멍을 찾기 시작했다. 원래 맞지 않은 총구멍이 있을 리 없는데, 두 사람이 전신을 더듬어 총구멍을 찾으니 산돼지란 놈이 간지러워서 견딜 수가 없었다. 위로도 이만저만이지 하는 생각에 산돼지는 그만 뛰어 달아나 버렸다.

그러자 포수가 큰 소리로 길손에게 말했다.

"야, 이 친구야! 저 펄펄 뛰는 것을 좀 봐. 저렇게 싱싱해도 잡은 지가 오래됐단 말인가?"

이는 어부지리를 엎어놓은 이야기다. 대개 어리석은 사람은 상대방과의 다툼에서 이겼다는 작은 만족감을 눈앞의 큰 손실보다 더 앞세우는 법이다.

◆ ◆ ◆

시간으로 돈을 사되

시간은 누가 만들었을까?

밤낮이 있는 것은 조물주가 만들었지만 그 흐름을 가위질한 것은 확실히 인간이다. 그러면서도 인간은 이 '시간'에 얽매여 있다. 때로는 "시간은 돈이다"라고 하면서 스스로 만들어낸 물건과 시간을 교환하기도 한다. 그러나 시간이란 그 자체가 돈이 아니고 보물도 아니다.

그것이 필요한 사람에게는 더할 나위 없이 소중한 가치를 지닌 것이지만, 필요 없는 사람에게는 무가치하기 이를 데 없는 것이 시간이다. 고작 1분이 늦어 기차를 놓치고 일생을 망친 청년이 있는가 하면 아침 식사 후 모이기로 한 집회에 일찌감치 9시에 오는 사람과 어슬렁거리며 11시에 오는 사람 사이에 아무런 불평이 없는 시골 풍경도 있다.

소설 『25시』*의 주인공은 세상이 너무나 무정하여 24시 안에는 발 디딜 곳이 없다고 하였는데, 어떤 사람은 24시를 그냥 빨리 흘려버리기를 원하고 있다.

영화에서, 만나고 싶어 못 견디는 사람을 찾아 헤매던 끝에 간신히 버스에서 내리면 그 사이 뒷문으로 상대방이 올라타는 장면을 보게 된다. 시간을 금덩어리같이 생각하는 도시인은 이를 신파조라고 비웃지만 시간관념이 상대적으로 유연한 농촌인은 시간의 가치성에 흥분한다.

이것을 보면 시간이란 참 묘한 물건이다. 1분에 자동차 한 대를 만드는 사람도 아프면 입원하여 지루한 시간을 보내야 하며, 그 속에서도 수술을 받을 때는 1분에 얽매이게 된다. 결국 시간의 가치란 상대적인 것이므로 "시간으로 돈을 사라"라는 표어가 옳을는지 모른다.

그러나 여유 있는 시간을 별일 없이 보내놓고 약속 시간에 맞춰 자동차로 급히 달리다가 사고를 내는 현대인은 타인이나 자신의 생명을 시간에 의해 단축하고 있는 셈이다. 시간을 어떻게 받아들이고 흘려보낼 것인가?

시간으로 돈은 사되 자객은 사지 말자.

* 루마니아의 작가 C. V. 게오르규가 1949년에 발표한 장편소설.

◆ ◆ ◆

음과 생활

예술의 하나인 음악은 그것이 추상적이고 심리적이란 데서 마음속에 깊이 파고든다. 오늘날 방송의 70퍼센트는 음악이고, 영화를 보는 동안은 늘 들어야 하는 것이 또한 음악이다.

음이란 사람의 신경을 무척 자극하는 것이다. 아이들이 어떤 노래의 방송을 듣고는 무슨 방송극이 시작된다고 뛰어가는 일이라든지 수위가 경적 소리를 듣고는 누구 차가 온다고 아는 것이라든지 하는 게 다 이런 연유에서다.

몇 달 전에 상영된 어떤 서부영화에서 메인타이틀이 끝날 무렵 황야가 나오고 팡~ 하는 화음이 들렸다. 이때 이 화음이 단화음라, 도, 미이었기 때문에 청각이 발달된 사람에게는 불안을 예상할 수 있는 것이었다. 과연 활 맞은 사람이 누워 있는 장면으로 이동했다. 이와 반대로 주인공이 나타난다면 그 음을 장화음ㄷ, 미, 솔으로 쓰는 것이 영화음악의 특색이다.

오페라의 서곡이나 전주곡을 듣고 줄거리를 상상할 수 있듯이 영화에서는 음악이 진행 과정과 예감을 알리고 있다. 같은 키스 장면이라도 음악이 애정의 진부眞否를 나타낼 정도다.

심리학적으로 본 생활 속의 음을 들추어보면 사장이 부르는 벨보다는 버저 소리가 좀 낫고, 학교의 사이렌보다는 종소리가 더 상쾌하다. 자동차 경적도 좀 더 부드러운 소리가 나는 것을 달 수 없을까? 욕심에는 화음을 낼 수 있는 경적이 더 좋을 것 같다.

학교 종도 '도, 미, 솔' 세 개쯤 달아 두고, 시작종은 '도, 미, 솔', 끝종은 '솔, 미, 도', 점심 종은 '미, 솔, 도' 등으로 미화할 사람은 없을까? 같은 종소리라도 새벽잠을 깨우는 교회 종 연타는 질색이다.

심리 노리는 소매치기

소매치기 이야기를 꺼내면 누구나 한마디씩 할 만큼 우리나라에도 소매치기 이야기가 많다. 소매치기란 대체로 심리적인 범죄 행동의 하나다. 사람이 한참 열중할 때 소매치기를 당하는 것이니 말이다. 버스나 기차를 서로 타려고 할 때, 야구에서 타구를 했을 때나 주자가 달릴 때, 경마에서 골인할 때 등이다.

최근에는 입학시험 때 교문에 붙어 있던 모자(母姉)가 자기 아이나 동생에게 달려가는 동안에 소매치기를 당한 예도 있다. 소매치기에 관한 이런 기담이 다른 나라에도 있다.

두 소매치기 전문가가 열차 속에서 만났다. A가 B를 보고 말했다.

"자네 기술이 좋다니 저기 앉은 사람의 손목시계를 뺄 수 있겠나?"

상대방의 실력을 보자는 것이었다. 능청맞은 A는 B가 포켓 전문가라는 걸 알기 때문에 창피를 주려는 심산이었다. B는 그 신사 옆에 가서 귓속말로 자기가 온 사유를 솔직히 이야기했다.

"이 5천 원을 보관하고 그 시계를 빌려주면 저놈한테 자랑하고 다음 역에 하차해서 교환합시다. 내 체면도 있으니까요."

신사는 그의 제안을 받아들였다. 시계라 해야 3천 원 정도의 것이니 응한 것이다.

다음 역에 하차한 신사는 그 소매치기는 물론 시계, 그리고 받아 넣은 5천 원까지 발견할 수가 없었다는 것이다.

한번은 일본 경시청에서 영국의 소매치기 왕이란 사람을 초청한 적이 있었다. 청장실에서 여러 관계관과 인사 교환이 끝났을 때 청장이 웃으면서 말했다.

"귀하의 기술을 이 자리에서 한번 보여줄 수 없습니까?"

그러자 소매치기 왕은 이렇게 대답했다.

"이미 끝났습니다."

그러면서 자신의 호주머니에서 시계, 만년필, 수첩 등을 꺼냈다. 이것이 모두 그 자리에 있던 관계자들의 것이었다니 참으로 거짓말 같은 실화가 아닐 수 없다.

◆ ◆ ◆

시간이라는 진정제

사람이란 감정 동물로 알려져 있다. '감정'이란 정의를 정확히 명문화하기는 어려우나 영어로는 'feeling', 불어로는 'sentiment'라고 한다. 또 이 근원을 따져서 '정서emotion'라고 한다. 이론은 제쳐놓고 이것이 수십 종이나 되니 그 강도에 따라서는 수백 종도 될 것이다. 지금 당장 생각나는 것만 해도 '희망, 기쁨, 즐거움, 자랑, 기대, 만족, 상쾌, 통쾌, 안정감, 사랑, 존경, 귀여움, 연정, 욕망' 등 좋은 것을 위시해서 '질투, 원망, 불만, 실망, 미움, 부끄러움, 모욕, 증오, 걱정, 불안, 공포' 등의 나쁜 것도 많다.

그런데 어느 쪽에도 속하지 않는 정서가 있으니 그는 곧 '흥분'이다. 좋아도 흥분, 나빠도 흥분, 아마 흥분은 감정의 기본인 성싶다. 학자들은 갓난아기가 최초에 갖는 정서는 흥분뿐이라고 지적하고 있다.

이야기는 달라져 사람이 침체했을 때 흥분제를 쓰는지 모르지만 사람이 흥분했을 때 듣는 약이란 구하기 어려운 것이다. 흥분한 사람이 진통제를 먹을 리 없고, 사람들은 이것을 말로써 달래는 방법을 쓴다. 제아무리 철인이나 웅변가라도 말로써는 약이 될 수 없을 뿐만 아니라 오히려 역효과를 낼 수 있다.

교장, 면장을 위시하여 이장, 가장 중에는 자기 말이면 다 해결되는 줄 아는 우자愚者도 있다.

"말리는 싸움이 더 커진다"라고나 할까?

결국 흥분을 가라앉히는 진정제란 뭐냐 하면, 단 하나 '시간'이라는 것이 있을 따름이다.

◆◆◆

희극적 요소는 풍부하다

영화에서 관객을 울리는 것도 어려운 일이지만 웃기는 것은 더욱 어려운 일이다. 한 배우가 스크린에 나타나서 웃음을 폭발시키는 데는 희극적 복장이나 행동보다도 연기자에 대한 잠재의식과 사건의 희극적 요소의 작용이 있어야 한다. 채플린이나 김희갑 같은 배우의 희극을 봤던 사람이면 아무런 희극적 복장과 행동 없이 그들이 화면에 점잖게 나타나기만 해도 웃기다는 것이 잠재의식이다.

미숙한 희극배우들은 남을 웃기기 위해 지나친 액션을 쓰지만 효과가 별로 없는 것이다.

세계 최초의 작품이라 할 수 있는 희극 장면에 이런 것이 있다.

한 사람이 호스로 길에 물을 뿌리고 있다. 장난꾸러기 아이가 그

호스를 밟는다. 어른이 이상하다고 호스 구멍을 들여다볼 때 물이 콱 나와 물을 뒤집어쓴다.

이것은 과학 원리의 요소를 이용한 것이다.

또 다른 활동사진에는 이런 게 있다.

한 사나이가 벤치에 앉아 신문을 탐독 중에 어떤 장난꾸러기가 포켓에 나와 있는 손수건에 잉크를 칠해 놓고는 시치미를 떼고 있다. 땀이 나서 손수건을 꺼내다 깜짝 놀란 사나이가 벌떡 일어서자 벤치에 앉았던 장난꾸러기가 땅바닥에 뒹굴게 된다.

이것은 「악의 보답」이라는 소편*이다. 1895년경의 것이나 사건의 희극적 요소는 대단한 것이다.

우리나라 희극계도 일본의 '에노켄'** 같은 복장이나 연기에 의한 희극을 지양하고, 풍부하고 센시티브한 희극 요소를 더 많이 발견하기를 바란다. 관객의 잠재의식이란 자연 증가되기 마련이니까…….

---

* 小篇. 짤막하게 지은 글.
** 에노모토 겐이치(えのもとけんいち). 1904~1970년. '에노켄'이라는 애칭으로 익숙한 일본의 희극 왕. 난센스 개그, 노래와 춤 등으로 관객을 매료시켰으며 다수의 영화와 연극 등에서 활약했다.

◆ ◆ ◆

운전사의 눈치 승객의 눈치

자동차 운전사 같은 심리학자는 별로 없을 것이다.

운전사가 심리학을 모르면 사고투성이가 될 것이다. 이들은 운전을 하면서 앞에 서 있는 사람이 차를 탈 사람인지 타지 않을 사람인지 구별하는 동시에 지나가는 사람이 자동차를 앞지를 것인가 멈추고 설 것인가도 알아낸다. 게다가 난데없이 튀어나오는 장난꾸러기의 경우에도 순간적으로 심리적 판단을 하고 있다.

이 심리학자를 다시 판단하는 심리학자가 있으니 그는 M이라는 친구다.

이 사람은 어느 날 황혼에 친구 S와 택시를 잡으려고 세종로에 서 있었다. S는 오는 차마다 손을 들었으나 모두 손님이 타고 있었다. M

이 말했다.

"이 사람아, 헛수고하지 말고 저기 오는 자동차를 잘 보게. 저기 세 번째에 오는 차가 빈 차니 그때 손을 들게."

과연 그 세 번째 차가 빈 차라 그것을 탈 수 있었다.

차 속에서 S가 물었다.

"이 사람아, 자네 눈이 그렇게 밝은가?"

M이 대답했다.

"그런 게 아니라 자동차를 보고 아는 거야. 대체로 빈 차라는 건 달려오는 코스와 속도가 다르단 말이지. 말하자면 약간 길가 쪽으로 오면서 손님이 탄 차보다는 조금 주저하는 것이며, 대체로 느리단 말이야."

이 말을 들은 S는 M의 심리학에 감탄했다.

그러나 M은 다시 덧붙였다.

"이런 말 믿고 아예 속단하지는 말게. 이것은 심리학의 원칙에 지나지 않네. 심리라는 건 예외가 더 많다네. 말하자면 같은 빈 차라도 앞에 탈 사람을 봤을 때는 더 빠르게 달려오니 말일세."

◆◆◆

낯모를 여인의 착각

착각에는 네 가지가 있다. 첫째는 객관적 착각으로 같은 길이의 선에 날개를 밖으로 그리면 길게 보이고 안으로 그리면 짧게 보이는 것이다. 둘째는 지각적 착각인데 알기 때문에 일으키는 것으로 요술이란 이것을 이용한 것이다. 셋째 감정적 착각이 있는데 밤길에서 돌이 짐승으로 보이고 부엉이 소리가 여우 소리로 들리는 것을 말하며, 넷째는 환상적 착각으로 없는 것이 있게 보이는 것이다. 이는 정신장애인의 전유물이며 착각에서 제외되기도 한다.

A라는 친구의 이야기다. 어느 날 거리에서 횡단보도 선에 서 있노라니 맞은편에서 한 아가씨가 "선생님!" 하면서 인사를 건네기에 분명 아는 사람으로 보여 답례를 하고 건너가서 보니 다른 사람이었다

는 것이다. 그러나 이 아가씨는 계속해서 말을 건넸다.

"선생님, 요즘 어떠세요?"

"그저 그렇지요."

이런 대답은 설사 모르는 사람에게라도 할 수 있는 답이다.

"어디를 가시는 길입니까?"

"을지로 2가에 갑니다."

"저도 그쪽으로 갑니다. 잘됐습니다. 같이 쓰시지요."

아가씨는 양산까지 받쳐주는 것이었다.

A는 생각은 안 나지만 아는 사람인가 하는 착각에 빠졌다.

"참, 조 선생님도 잘 계세요?"

"네, 조 군도…… 그렇습니다."

친구 조를 말하는 것인지 알 수 없었지만 여하튼 땀 뺄 노릇이다.

걸어가는 동안에 되도록 말이 안 나오기를 빌었다.

"저, 조 선생님은 아직 박사학위를 못 따셨나요?"

그제야 A는 정신이 들었다.

'아차, 큰일 났다!'

그의 친구 조는 의사도 아니고 선량한 상인이었다.

"저, 미안하지만 속이 이상해서 저 다방 화장실을 좀 써야겠습니다."

A는 아가씨에게 이렇게 말하고는 달아났다는 것이다.

이 경우의 여인은 객관적 착각을 일으킨 것이다. A가 일부러 자신에게 가까이 왔으며 조 선생을 알고 있다는 것으로 말이다.

◆◆◆

노인의 용기

아는 것이 힘이다.

이는 신빙성 두터운 격언의 하나다. 원래 사람이란 만물의 영장이라는 영예를 지닌 반면에 불안과 공포와 기우와 초조에 둘러싸인 불쌍한 동물이다. 다른 짐승 같으면 아무 근심이 없을 것을 인간이기에, 특히 발달된 세대에 살기 때문에 이러한 긴장 상태tension에 놓이게 된다. 그러므로 인간은 항시 이 압력에 대항할 용기를 양성해야 되는 것이다. 그 불안의 정글을 뚫고 나가는 힘에는 두 가지가 있다.

한 시골 노인이 서울 구경을 온 것은 평생을 두고 기념할 기쁜 일이지만 도무지 길을 걷기가 무서워 움직이지 못했다. 남대문을 관찰하려고 한 바퀴 돌아보려니 엄두가 나질 않았다. 길이 넓어도 사람이 안 가고, 차가 달려와도 사람들이 건너가니 이건 곡할 노릇이다. 반 바퀴 나 돈 뒤에 파란불, 빨간불의 원리를 듣고는 겨우 건너는 힘이 생겼다.

아는 것이 힘이다.

그러나 달려오는 자동차들이 무서워서 가운데로 걷노라니 인파에 가려서 남대문이 잘 보이질 않았다. 그제야 비장한 각오를 하고 파란 불에 따라 길가 쪽으로 걸어서 한 바퀴 다시 돌면서 구경을 마쳤다.

용기라는 것은 안다는 것知만으로 생기는 것이 아니고 뜻 가짐情이 있어야 한다. 이 세상에는 알고도 행하지 않고 알기 때문에 용기를 못 내는 경우가 많다. 반대로 "지성이면 감천"이라는 말이 있듯이 정의에 따르고 악에 반항하는 용자들을 만들기 위해서는 지식 교육도 필요 하지만 정서emotion 도야도 더욱 필요하다.

◆ ◆ ◆

기지로써 케이오 시켜라

한 신문사의 루시라는 기자가 선거 연설을 듣는 군중 속에 휩쓸린 일이 있다. 그라스턴파의 찬조 연사는 그칠 줄 모르게 기염을 토하고 군중은 아낌없는 박수를 보내고 있었다.

루시는 연설 도중에 이렇게 고함을 질렀다.

"도대체 그라스턴은 1866년에 뭘 했단 말이오!"

연사는 답을 못 한 대신 눈을 부릅떴다. 청중은 루시에게 일제히 고개를 돌렸다.

"저게 누구야? 뭐야?"

그를 꾸짖는 소리까지 들렸다.

얼마 후 그는 또 연설을 앞질러 고함쳤다.

"그는 1866년에 도대체 뭘 했단 말이오!"

이번에는 청중이 길을 열어 그를 밀어내 버렸다.

"저놈이 누구야? 쫓아내라!"

쫓겨난 루시 기자에게 다가와 묻는 신사가 있었다.

"당신은 그의 1866년의 업적을 알고 있나요?"

그는 천연덕스럽게 대답했다.

"나도 몰라요. 나는 단지 기사 마감 시간에 초조해져서 길을 비켜 달라고 했을 뿐입니다."

과연 루시라는 기자는 센시티브한 사나이임에 틀림없다.

우리나라에도 정만서 같은 사람의 센스는 비상하다. 바짓가랑이를 걷고 강을 건너온 정 씨에게 한 양반이 도도하게 물었다.

"이 사람, 그 물이 얼마나 깊던가?"

속으로 화가 치민 정만서는 이렇게 응수했다.

"영감님, 제가 건넌 물은 이미 흘러갔기에 새 물은 알 수가 없나이다."

사람이란 이런 꾀를 쓰는 것도 때로는 필요하다. 주는 것 없이 미운 자, 세상을 모르고 까부는 자, 남에게 실례를 예사로 하는 자, 능글맞게 억지 부리는 자를 욕이나 주먹으로 망신 줄 것이 아니라 슬쩍 기지로써 녹아웃시키는 것도 통쾌한 일이다. 첫째 모욕죄니 폭행죄니 하며 고소당하지 않을 테니 말이다.

◆◆◆

이름과 닮은 사람

언젠가 철학자라는 명함을 받은 사람이 있는데 실은 작명가였다. 직장마다 돌아다니면서 작명 또는 개명을 한다는 비즈니스다. 그가 한다는 말이 이러했다.

"이름이 좋아야 출세를 합니다. 대통령 이 씨나 부통령 이 씨나 그 이름이 얼마나 좋아요. 선생도 한번 보시지요. 한자로는 어떻게 씁니까?"

시간이 조금 있기에 나는 그에게 이렇게 말하며 비꼬았다.

"나는 한글로만 이름을 쓰는 사람이오. 한글로는 못 보나요?"

그러자 그는 몹시 초조한 상으로 대답했다.

"요즈음은 한글로도 봅니다."

내가 아는 범위로 성명의 영향론을 토로했더니 동지로 알았는지 성명 판단법을 비밀히 알려주는 것이다. 작명자들에게 영향이 미칠까 생각되므로 여기서 공개할 수는 없지만 성명이 운명을 좌우한다는 것은 그 철학자가 가진 책 속에는 있을 수 없는 것임은 확실하다.

그러나 성명이 그 사람의 성격이나 생활에 영향을 끼치는 것만은 틀림없다. 사람이란 자기만이 지닌 이름에 대하여 자부심을 가지기 때문에 그렇다. 가령 '선善' 자가 들어가면 마음 착하기에, '신信' 자가 들어가면 믿음직하기에, '근根' 자가 들어가면 심지 굳기에 노력하는 것이다.

물론 정반대도 있다. 이런 걸 생각하면 이름이란 함부로 지을 것도 아닌 성싶다. 그러나 요즈음같이 이름을 한글로 쓰면 그 영향력은 줄어든다. 그 대신 가을에 낳았다는 '춘암春岩'은 '추남'이 되고, 두루 어질다는 '주인周仁'은 '주인主人'이 되기 쉽다.

한글 쓰기를 목표로 한 사람은 아이들 이름을 아주 한글로 짓는다. '내리(시종일관始終一貫)'나 '누리(우주宇宙)' 등으로 말이다. '봉투지'나 '개똥'이는 곤란하지만 '뿌리(근根)', '보리(맥麥)', '시원(양凉)' 등은 시적詩的이다. 차라리 이름에 좌우되지 않도록 발음이 인상적인 것을 택하는 것도 한 가지 방법일 것이다.

◆ ◆ ◆

어린이를 더욱 소중히

한 미국인이 한국인에게 물었다.

"귀국에서는 어떤 사람을 존중합니까?"

한국인이 대답했다.

"예, 노인입니다. 귀국에서는요?"

그 미국인은 이렇게 말했다.

"예, 아마 어린이를 더욱 존중할 것입니다."

요즈음 우리나라에서도 아동관에 대한 연구가 이루어지고는 있다. 이 아동관 발전사를 보면 아동에 대한 인식이 선결문제가 되는데, 아동을 성인과 분리하여 작은 성인으로 보는 것과 아동은 성인의 일부로서 그 성장과정 속에 존재한다는 관점이 있다.

어쨌든 우리나라에서는 어린이를 더 우대해야 된다는 것만은 중요하다.

어느 겨울에 교육자들이 어느 국민학교 교실에서 미국인 교육자와 신교육에 관한 협의회를 열고 있었는데, 10여 명의 아동이 복도를 달음질쳤기 때문에 한참 동안 시끄러웠다. 이 자리의 교육자 대부분은 얼굴을 찌푸렸으며 어떤 사람은 밖을 내다보기도 했다.

이때 이 미국인 교육자는 빙그레 웃으면서 이렇게 말하는 것이었다.

"저 애들은 참 행복합니다. 우리도 이것 치우고 저렇게 뛸 수 있으면 얼마나 좋겠어요."

아동관이란 연구나 말로만 한다고 달라지는 것이 아니라 오랜 노력으로 몸에 젖어야 할 것이다. 아이들이란 새로운 일이 생겨도 떠들고 추워도 떠든다. 아동의 동태와 기후는 밀접한 관계가 있으며, 특히 눈이 올 때는 학업을 중단하고 잠깐 휴식하는 것이 현명하다. 또 아동이 조용히 있을 수 있는 시간은 대체로 연령과 정비례되는데, 국민학교 1학년에서 6학년을 함께 세워놓고는 수십 분을 조용하게 견디면서 훈화를 들으라는 것은 무리한 짓이다. 더구나 매질은 일절 금해야 할 것이다.

◆ ◆ ◆

공처가와 흰 깃대

서양 사람들, 특히 미국 사람들은 여성을 대우한다. 부인이 들어오면 남편은 자리에서 일어서야 하고, 엘리베이터에서는 남성만이 모자를 벗어야 하는 식이다. 이는 물론 약자를 돕는 정신이겠지만 미 대륙 개척기에 여성의 수가 적었다는 데 기인한 것 같다. 다 같이 여성 수가 적었던 옛 중국에서는 반대로 도망치지 못하게 발을 조였던 것이다. 전자는 여자의 환심을 사서 놓치지 않으려는 것이고, 후자는 강제적으로 안 놓치려는 것이다.

일본의 실정은 약간 다르다. 여성이 남성보다 절을 더 많이 한다. 어떤 여행자는 일본 여성이 친절한 건 좋은데, 호텔 같은 데서는 항시 옆에서 도와주려고 하기 때문에 귀찮다는 것이다. 떠날 때는 너무 여러 번 절을 하기 때문에 골치가 아플 정도라고 한다. 요즈음은 더구나 외화획득이라는 점에서 더 심하다고 하는데, 이러한 습성은 어떠한 사회형태에서 뿌리박히면 그 형태가 바뀌어도 좀처럼 달라지지 않는 법이다.

우리나라의 이성 관계는 대체로 원만한 편이라고 보나 구미歐美 사람들 눈에는 여비제*라고 보일 것이다.

옛날 한 임금이 왕비 말에 너무 따른다고 중신들의 진언을 받았다. 이에 임금은 어느 날 행인을 수십 명 불러들여 이렇게 명했다.

"너희들 중 부인의 말에 잘 따르는 자는 저 붉은 깃대 아래로, 그렇지 못한 자는 흰 깃대 아래로 모여라."

그랬더니 모두가 붉은 깃대 아래로 모이고, 한 사람만 흰 깃대 아래에 서게 되었다. 임금은 그자를 불러 이유를 물었다.

흰 깃대 아래 섰던 사람이 머뭇거리며 대답했다.

"아침에 처가 말하기를 군중이 모인 곳에는 가지 말라고 했습니다."

임금은 미소를 띠며 중신들을 둘러봤고, 중신들은 아무런 대꾸도 하지 못했다.

이 이야기가 한국의 이성 관계를 보여주는 사례라면 과언일까?

---

* 女卑制. 사회적 지위나 권리에 있어 여자를 차별하고 낮춰 보는 사회 체제.

모양내는 은행원

어느 나라를 막론하고 은행 건물이 다른 건물에 비해서 잘 지어진
다. 그뿐 아니라 행원들은 모두 말쑥한 옷차림을 하고 있다. 간혹은 일
류 미인도 있지만 궁상을 지닌 행원은 별로 없다. 이러한 것은 다 아
는 바와 같이 그 은행의 신용도를 데몬스트레이션demonstration하기 위
한 일이다.

사람이란 돈에 대해서는 여간해서 남을 믿지 않는다. 그래서 지금
도 돈을 장롱 속이나 독 속에 묻어놓는 사람이 있다. 아무리 큰 예금
을 한다손 치더라도 은행 재산만큼은 안되기에 사람들은 자기 돈이
야 받을 수 있다는 생각에서 은행에다 맡기는 것이다.

그러나 무슨 풍설이 돌아서 은행에 돈이 없다는 소리만 나면 너도

나도 찾으려 하니 돈이 더욱 달려서 곤궁에 빠지게 된다. 특히 화폐개혁설, 동결설 같은 것이 돌면 큰 소동이 일어나는 것이다.

도쿄에서 지진이 일어났을 때 모 은행에 돈이 떨어진 것을 안 한 사람의 말이 퍼지자 예금자가 줄을 지어 아우성을 친 일이 있었다고 한다. 그때 사실 돈이 떨어졌기 때문에 큰 소동이 일어났다. 이때 돈을 가득 실은 트럭이 여러 대 은행으로 들어와 돈을 지불하기 시작하니 사람들이 거의 다 해산되고 말았다. 트럭에 싣고 온 것은 다 돈이 아니고 아래는 신문지 등의 물품이며 위에만 돈을 깐 것이었다.

이러한 기지는 간계奸計가 아니라 대중을 안심시킴으로써 소동을 막는 한 가지 좋은 방법이다. 지금 우리나라에는 예금액이 증가하고 있는데, 이것은 은행의 신용에만 의한 것이 아니고 국가의 안전과 신뢰성에 주된 이유가 있다. 기업이 활발치 못할 때도 예금액은 증가한다. 어쨌든 돈을 집에 두는 건 후진적이다.

모르는 것도 힘이다

다른 나라에서는 모르지만, 우리나라에서는 눈이 작은 사람은 간이 크고 눈이 큰 사람은 겁을 잘 낸다고 한다. 반드시 그렇지도 않겠지만 다른 해석에 의하면 사물을 잘 보면 겁내기 쉽고 잘 모르는 일에 대해서는 대담한 경우가 있다.

채플린의 영화에 「모던 타임스」라는 명작이 있어 20년 전에 선풍을 일으켰던바 그 영화는 시종 인간의 기계화에 도전하고 있는데, 중간에 심리적인 장면이 있다. 백화점 수위가 죽었다는 신문을 보고 뛰어가서 대신 취직을 하고는 밤에 애인을 불러들여 2층 홀에서 롤러스케이트 기술을 자랑하는 것이다. 흥에 취한 채플린은 수건으로 눈을 가리고도 멋있게 돌아다닌다. 홀 가운데에는 아래층이 보이는 구멍이 있는 구조다. 이걸 본 애인은 구멍 주변을 돌아다니는 채플린을 잡고 위험을 알린다. 눈을 가렸던 수건을 푼 채플린은 그 구멍을 보고 나서는 다리가 떨려서 바로 설 수도 없다. 여자는 채플린의 팔을 잡고 당기나 스케이트는 구멍 쪽으로 미끄러져 간다는 아슬아슬한 장면이다.

보통 우리가 "아는 것이 힘이다"라고 하는데, 이 경우는 모르는 것이 힘이다.

실업가들 중에는 눈 딱 감고 일을 해서 성공한 사람도 있고, 너무 따져서 실패한 사람도 있다.

그러나 사회질서가 잡히면 모험은 통하지 않는다. 역시 계획과 검토가 필요하다. 그러면서도 일을 감행하는 경우에는 용기가 필요하다. 대담하게 한 일이 성공하는 것은 감행했기 때문에 성공한 것이 아니라 성공할 만한 조건이 잠재해 있었기 때문이다. 다만 그것을 몰랐을 따름이다.

◆◆◆

라디오에서 70밀리

　요즈음 농촌에 라디오를 사들이는 농민의 수가 늘어간다는데, 이에 대해서 이웃 사람이나 식자 중에서도 "사치하느니, 저축심이 부족하느니"라고 평하는 사람이 있다.

　라디오라는 건 사치품이 아니라 문명의 이기다. 약간 무리해서라도 사는 것이 좋다. 이와 정비례로 서울에서는 텔레비전 선풍이 일어나고 있다. 텔레비전 방송국이 시작될 때 "저게 그렇게 바쁜 일일까?"라고 평한 사람도 있었겠지만 텔레비전 방송국도 없는 나라가 무슨 행세를 할 수 있겠는가? 우리가 영화를 보려면 입장료만 드는 것이 아니다. 그런 것을 앉아서 볼 수 있으니 말이다.

　여하튼 텔레비전 애용가들이 부쩍 늘었는데, 이것이 늘면 늘수록 걱정되는 사람은 영화관 주인이다. 그러나 너무 걱정 안 해도 될 조건이 있다. 심리학상 텔레비전을 설치해놓고 붙들고 늘어지는 기간이란 평균 6개월이라는 것이다. 그 후는 특별 프로그램 외에는 애써 구경하려 하지 않으니 결국은 영화관으로 간다는 것이다.

반면에 영화 업계로서 텔레비전에 도전하기 위하여 10년 전에 탄생한 것이 '시네라마'와 '입체영화'다. 후자는 안경 때문에 망했으나 전자는 '시네마스코프'*로 발전했다. 우리나라에도 온 「성의」**가 시네마스코프의 출발이다. 다음에는 '비스타비전'***이 되는가 하면 요즈음 상연되고 있는 「벤허」****와 같은 70밀리 와이드스크린도 제작된다.

구경거리_{흥행}라는 건 사람들의 호기심을 끌려는 수작을 한다. 말이 무대에 나오는가 하면 야외 오페라, 공중서커스 등이 있고, 입체영화에서 불이 객석으로 튕겨 나오며, 70밀리 영화에 눈이 휘둘리게 하는 따위의 수작이다. 그러나 예술성과 문화성을 망각한 수작은 오래 못 간다. 결국은 라디오가 확실한 문명의 이기다.

* cinemascope. 프랑스의 앙리 클레티앙이 발명한 최초의 대형화면 영화제작 방식.
** 「The Robe」. 1953년 헨리 코스터 감독이 만든 미국 영화.
*** vista vision. 1954년 미국 파라마운트 픽처스에 의해 개발된 와이드스크린 시스템.
**** 「Ben-Hur」. 1959년 윌리엄 와일러 감독이 만든 미국 영화.

총을 낚는 비행기

만화책이 항상 문제가 된다. 아이들이 만화책만 읽고 공부는 잘 안 한다고 학부형들이 비명을 올리고 있다. 그뿐 아니라 만화 주인공을 흉내 내느라 쌍권총을 차고 다니는 아이도 있다. 소년범죄의 원인 중 하나로 만화책도 든다고 한다. 그래서 만화책을 정화하는 위원회를 문교부에 두었다. 결과는 모르나 여전히 뒷골목에는 만화방에 달려드 는 어린이들을 볼 수 있다.

어린이에게 만화는 어른들에게 영화나 같다. 만화 속 이야기는 읽 기 힘든 글을 읽는 것보다 시각적이기 때문에 흥미로운 것은 사실이 다. 만화를 즐기는 것 자체는 나쁠 리 없고 문제는 그 내용에 있다.

미국의 어떤 소년이 주한 모 장군에게 이런 편지를 보낸 적이 있다고 한다.

"장군님, 제 생각으로는 비행기에다 큰 자석을 달고 적진을 돌아다니면서 적군이 갖고 있는 총들을 낡는다면 쉽게 전쟁에 이길 수 있을 것이 아니겠습니까?"

만화 같은 제안이었다.

편지를 받은 그 장군은 소년에게 이렇게 회답을 했다.

"군은 참으로 훌륭한 생각을 한 셈이다. 여러 가지 연구를 해본 결과 그렇게 할 수 있을 것도 같다. 군이 자라서 꼭 이 발명을 성공해주기를 바란다."

비웃지 않고 희망과 기대를 준다는 것은 그렇게 쉬운 일은 아니다.

상상한다는 것은 성공의 시작이다. 라이트형제가 비행기를 만든 것도 상상에서 시작했고, 인공위성도 그렇다. 10년 전의 우주여행 만화나 영화가 오늘에는 사실이 된 것이다. 이런 의미에서 만화를 통한 과학적 상상, 이상사회 건설, 생활개선이 이루어진다면 그 효과는 적지 않을 것이다. 이걸 어떻게 흥미롭게 제시하느냐가 문제지만…….

♦ ♦ ♦

돌면 치는 박수

　사람이란 감격하면 몸짓을 한다. 아버지가 과자 봉지를 들고 가면 아기는 손뼉을 치면서 기뻐한다. 손뼉을 칠 때는 만사를 잊고 최고의 행복감에 젖을 것이다. 강연회장에서 치는 박수는 감격이 아니고 예의를 위한 손뼉이기도 하다. 군중의 박수 소리를 주의 깊게 들으면 이 구별이 되는 것이다.

　요즈음 영화를 끝마칠 때 간혹 박수 소리를 듣는다. 이럴 땐 하지 않는 것이라는 걸 알면서도 워낙 감격적이면 할 수 없다. 옛날에 연극이 심할 때 박수꾼을 미리 사둔다는 말도 있었지만 어쨌든 박수 받기란 어려운 노릇이다.

　언젠가 외국 아이스쇼를 구경할 때 느꼈던 일이지만 플레이어가 턴

만 하면 박수를 쳤다. 기술적으로 훨씬 어려운 고비에서보다 누구라도 할 수 있는 뱅 돌기에서 박수를 치는 걸 보고 관객의 한 사람으로서 약간 창피를 느꼈다.

지난 3월 31일 미국의 장대높이뛰기 선수 존 율세스John Uelses가 산타바바라 경기장에서 4미터 89센티미터를 뛴 순간, 관객이 모두 기립해 박수를 쳤다니 이런 건 참으로 감격적인 일임이 틀림없다.

이에 관한 유명한 이야기는 독일 작곡가 헨델이 런던에서 「할렐루야」를 초연했을 때 그 곡이 하도 장엄하고 감격적이어서 왕당시 조지 2세 국왕이 연주 도중 자리에서 벌떡 일어선 일이다. 모든 관람객이 함께 일어서서 헨델의 그 곡에 경의를 표한 것은 물론이다.

그 후 영국에서는 이 곡이 연주될 때마다 피날레에서 기립함을 예의로 알고 있다. 우리나라 사람은 유럽 사람과 달라서 감격도가 약한지 박수 소리가 대체로 작은 편이다. 연설자나 연주자를 노려보지 말고 동화되어 시원찮으면 모르되 감격적 대목에서는 시원스럽게 박수를 치는 것도 좋지 않을까.

◆ ◆ ◆

해인사 초만원

지독한 건망증 노인이 있었다. 이 노인의 건망증 정도는 다음과 같다.

담뱃대를 들고 길을 걸을 때 팔이 뒤로 가면 "내 담뱃대가 어디 갔어?" 하다가 팔이 앞으로 나오면 "여기 있구나!" 하는 정도였다. 별명은 '잊음이'였다.

한번은 해인사 구경을 가는데 앞에 승려 한 사람이 걷고 있었다. 노인이 심심해서 물었다.

"스님, 어딜 가시오?"

중이 대답했다.

"네, 합천 해인사에 갑니다."

얼마 동안 가다가 노인이 또 물었다.

"스님, 어딜 가는 길이오?"

귀가 멀어서인가 생각한 중은 같은 대답을 했다.

"네, 합천 해인사로 갑니다."

그러나 얼마 후에 노인이 또 물었다.

"스님, 스님, 어디를 가시오?"

이제야 화가 치민 중은 뒤를 돌아보며 노기 띤 대답을 했다.

"영감, 해인사로 간다고 하지 않았소!"

이때 잊음이 노인이 중얼거렸다.

"허허, 오늘은 해인사가 터져 나가겠는데?"

물론 이건 만든 이야기지만 다분히 심리학적이다.

망각의 반대는 기억인데 기억에는 기계적 기억과 논리적 기억이 있다. 이 노인은 앞에 가는 사람이 어떤 사람이었던가를 완전히 잊어버린다. 그러나 누군가 앞에 가는 사람이 자기도 가야 하는 목표인 해인사로 간다는 것은 기억한 셈이다. 이것을 기억하는 이유는 그 절에 가면 어떤 상태에 있어야 자기의 모처럼의 구경에 흥이 난다는 잠재의식이 있기 때문이다.

그래서 앞사람이 누군지는 잊었으나 묻는 사람마다 해인사로 간다니 오늘은 많은 사람이 밀려들어 성황을 이룰 것이라고 느낀 것이다.

사람은 누구나 흥미 있는 일을 쉬 기억한다. 기계적 기억보다 논리적 기억이 확실하다고 말할 수 있다.

◆◆◆

전화번호 기억법

자동차 번호를 '밤바'라고 하는데 '넘버'가 옳을 것이다. '밤바' 아닌 '범퍼'는 차 앞에 나온 완충기다.

대개 자동차 '넘버'란 복잡할수록 좋고 전화번호는 간단할수록 좋다고 한다. 자동차의 경우는 규칙 위반을 했을 때 빨리 달아나려는 심보고, 전화의 경우는 외기 쉽도록 하는 데 목적이 있다. 손가락 수고에서 보면 '1111'이 제일이고 '0099'가 힘들다.

그러나 대체적으로 기억하기 쉬운 것을 좋아한다. '사' 자를 싫어하는 경향이 있지만 전화번호상은 끝에 '4'를 사(社) 자로 계산하여 이것 아니면 장사 못 하는 줄 안다. 특히 전화 오기를 기다리는 상점에서는 말로도 되는 숫자를 구해서 억지로 붙인다.

'3355삼삼오오', '0482공사 빨리', '4989사고팔고', '2455이사 오오' 등은 한 자음이고, 하나 둘 셋을 이용하여 '3015세공한다', '3625세어 두다' 식으로 하는 것이다. 또 음악하는 사람은 1, 2, 3을 도, 레, 미로 쳐도 된다. 남의 상호를 들어서 실례인지 모르나 미도파의 번호를 보니 '미도솔파'인데 5는 오이니 '미도오파'와 같이 도만 길게 빼면 오히려 음악적이다. 이러한 기억법이 전일 말한 논리적 기억의 하나가 된다.

그 반대가 기계적 기억이다. 31, 815, 625, 419, 516 등은 어떤 말로 만들지 않아도 잊는 사람이 없다. 이것은 여러 번 되풀이하여 기계적으로 외웠기 때문이다. 암산 왕이란 사람 중에서 숫자를 한글화하여 외는 분이 있다. 가령 '123'이 '감'이고 '475'가 '정'이라면 '감정은 독'이라는 구구로 '독'은 '598' 이런 식이다. 이 구구만 외워 두면 수판보다 더 빠르니 놀랄 만하다. 이런 방법은 양자를 이용한 기억술의 한 방법이다.

하지만 너무 신경 쓰인다면 차라리 수첩에 적어 두는 것이 속 편한 일이다.

◆◆◆

모두 이름표를 붙인다면

요즈음 다시 공무원들이 가슴에 이름표를 붙이게 되었다. 공무원인 한 사람이 난색을 보인다. 또 한 사람은 잘됐다고 한다.

"세상에는 자기 이름을 알리려고 별별 수단을 다 쓰는 판인데, 돈 안 들이고 선전하니 얼마나 좋소."

그가 이렇게 말하자 먼저 사람은 이런 걱정을 한다.

"그런 게 아니라 내 이름이 영숙이라 꼭 여자 이름 같아서 장난꾸러기 학생들이 얼마나 웃겠어요?"

엉뚱한 이유였다.

벌써부터 군인과 학생은 이름표를 붙이고 있다. 그렇지만 이상하게 생겼거나 '미남은 아니지만' 정도로는 남의 이름표를 굳이 들여다볼 사람도 없다. 그러니 너무 걱정할 건 못 된다. 반면에 좋지 못한 일을 한 사람에게는 확실히 불리한 것이다.

몇 년 전에 미국 교육 사절단이 와서 협의회를 할 때 그들은 가슴에 이름표를 붙이고 나와서 이렇게 말했다.

"우리가 서로 이름을 빨리 외도록 이름표를 붙였습니다."

이에 따라 수강 회원들도 즐겁게 이름표를 붙였다. 꼭 필요한 일이었기 때문이다.

사실 같은 지붕 밑에서 매일 인사하고 이야기해도 그 사람의 이름은 외기 힘들다. 때로는 송씨를 영어로 '노래'로 외웠다가 그만 노씨로, 고씨를 '높다'고 외웠다가 최씨로 부른 실례를 범한 경우도 있다. 요는 이름 붙이기란 장점을 생각할 때는 훈훈하나 비행을 막기 위해 붙인다고 생각할 때는 그렇게 기분 좋은 일은 아닐 것이다.

그건 그렇고 일반 사회인들도 이름표를 붙이고 다닌다고 가상을 해보자. 특히 만화가를 위시하여 이름난 문인, 작곡가, 신문사 주필 등은 사람들 눈살에 길 걷기가 어렵고, 대폿집 가는 것은 아예 단념해야 할 것이다. 술 취한 곁의 손님이 인사할 필요도 없이 고견을 지껄일 테니 말이다. 단, 영화배우만은 붙이나 마나다.

◆◆◆

실패도 귀중한 경험

옛날이야기 중에 못마땅하게 생각되는 것이 『장화홍련전』이다. 계모의 학대도 정도 문제지 그럴 수가 있나. 막상 그와 비슷한 이야기가 있었다손 치더라도 시대적으로 없어져도 무방할 만한 고물이다. 과거의 경우라도 계모 자신이 나쁜 것이 아니라 주위에서 그렇게 만들었다.

지금은 자식이란 것이 부모의 것이면서 동시에 공공 사회에 봉사하는 존재이므로 낳은 자식이고 안 낳은 자식이고 구별이 흐려진다. 그러니 계모니까 어떻다느니 하는 이야기는 성립이 잘 안 된다.

링컨이 워싱턴 포드 극장에서 저격당해 죽은 것이 바로 오늘4월 15일이다. 이 링컨은 아홉 살 때부터 계모 밑에서 자랐고 그녀의 교육 때문에 대통령도 되었다. 그녀는 링컨으로 하여금 묵묵히 일하도록 지도했다. 우리나라 같으면 계모니까 저렇다는 말이 났을 것이다. 링컨이 노동을 했기 때문에 노예해방을 꿈꾸었던 것이며, 묵묵했기 때문에 당선도 되었다. 그는 웅변가이기는 하나 다변가는 아니었다. 1860년의 선거 연설에서 노예를 해방하겠다는 생각에 대해서는 침묵을 지켰기 때문에 노예제도 지지자 표도 획득했던 것이다.

우리가 자식을 기를 때 사랑한다는 것과 편안하게 해준다는 것은 구별해야 될 줄 안다. 아이에게 아무런 문제가 일어나지 않도록 하는 것은 결코 좋은 것은 아니다. 그보다 문제에 부딪혔을 때 해결하는 힘을 길러주어야 한다.

'실패의 경험'도 중요한 경험이니 난문제를 어른이 항시 풀어주면 창의성이 생겨나지 못한다. 동서고금을 막론하고 지도자 중에는 어릴 때 고생한 사람이 통계적으로 많다.

부모여, 그렇다고 아이를 일부러 내쫓지는 마시라.

♦♦♦

장난꾸러기 서당 학생들

요즈음 학생들을 나무라는 어른들이 있지만 그들도 젊었을 땐 못지않은 장난꾸러기가 많았던 모양이다. 그러니까 몇십 년 전의 이야기다. 서당 학생 다섯이 시골에 놀러 갔으나 아는 집 사람이 외출하여 기다리게 되었는데 배가 고파 견딜 수 없었다. 그중에 한 놈이 천지天地를 열 번 읽어도 못 외는 바보다. 다른 넷이 시간 보내기 삼아 흉계를 꾸몄다.

갑자기 네 놈이 밖으로 나가더니 귓속말로 속삭거린다. 남은 친구는 수상해서 문구멍으로 눈을 댔다 귀를 댔다 한다.

"우리 배가 고파 못 견디니 저놈을 잡자."

그들만의 구수응의*였다. 아무리 바보라도 믿을 수 없는 이야기였다.

그러나 조금 있으니 새끼 꼬는 놈, 칼 가는 놈이 있지 않은가.

이 바보 "이크!" 하고 방문을 차고 나와 다리야 날 살려라 하고 도망질이다. 다른 학생들은 새끼를 든 채로 따라가며 "아니다, 이 사람아! 닭 잡는다!"라고 고함을 질렀지만 바보의 달음질은 더욱 빨랐다.

그날 밤 네 놈이 훈장께 종아리를 맞은 것은 확실하다. 지금 같으면 정학 처분쯤 될는지.

이 아이피해자는 지적장애아다. 이것도 계급이 있어 1급이 백치白痴, idiot라 지능 연령 3세 이하, 말하자면 아무리 나이 먹어도 지능은 정상아 3세 정도라는 것이며, 2급은 치우癡愚, imbecile라 지능 연령 8세 이하, 3급은 노둔魯鈍, moron이라 12세 이하 정도라 한다.

여기에 해당되는 어린이들은 그 연령까지는 공부할 수 있으나 그 후는 불가하다. 먼저 그 학생은 그 행동으로 봐서 2급 정도는 될 성싶다. 이런 사람도 머리를 별로 쓰지 않더라도 좋은 일에는 성공할 수 있을 것이다.

---

* 鳩首凝議. 비둘기들이 모여 머리를 맞대듯 여럿이 한자리에 모여 앉아 머리를 맞대고 의논함.

◆◆◆

콩도 팥으로 보는 아이

　지적장애인 이야기에 이어 의지박약자 이야기를 하고자 한다. 의지박약자란 옳은 줄 알면서도 옳다 소리를 못 하는 정도의 사람을 말한다.

　어느 외국 심리학자에게 들은 실험담인데, 여섯 명의 아이에게 사전 모의를 해놓고 뒤에 들어온 A를 일곱 번째에 앉힌다. 실험자는 흰 수건 따위를 들고 그 색이 뭐냐고 한 사람 한 사람씩 답하라 한다. 1번은 회색이라 한다. 2번부터 6번까지 다 같은 답이다. 일곱 번째 A의 차례에서 희게 보이지만 회색이라고 할 경우 의지박약이다. 여섯 명이 회색이라 해도 꿋꿋이 흰색이라 하면 정상이다. 다음 8번이 흰색이라 할 때에 "나도 흰색으로 생각한다" 하고 시정하면 여망이 있고, 그래도 묵묵히 앉아 있으면 A는 확실히 의지박약이라는 것이다. 시정해도 그 태도와 답하는 시간에 따라 정도가 달리 측정된다.

오늘날 우리 사회에서도 이런 일을 흔히 본다. 을이 A에게 와서 갑을 나쁘다고 한다. A는 갑이 나쁘다는 것을 처음 들었기 때문에 의심한다. 얼마 후에 병이 와서 다른 각도로 갑을 씹는다. 얼마 후에 정이 나타나서 또 갑을 씹는다. 이럴 때는 대개 곧이듣는다. 이것이 모략이고 중상이다.

우리 사회에 이것이 많다고들 하는 것을 보면 씹는 사람도 많고 의지박약자도 많은 것에는 틀림없다. "어떤 어리석은 자가 흰 수건을 회색 수건이라 할까?"라고 장담할 것만은 못 되는 것이 인간사다. 데모에는 다수의 의지박약자가 따르는 법이지만 2년 전 오늘 있었던 대학생 데모*는 성격이 엄연하게 다르다. 잘 알고 행동하는 것은 어떤 방해에도 굽히지 않는 힘을 가지는 것이다. 오히려 반대 측이 이를 의지박약자로 오판한 정신박약자들이다.

---

* 1960년 4월 19일 학생들이 중심이 되어 이승만과 자유당 독재 정권을 무너뜨린 민주주의 의거. 4·19혁명을 일컫는다.

◆ ◆ ◆

풍랑은 같은 풍랑이지만

우리나라에 처음 민간항공이 생겨 비행기를 탔더니 표 뒤쪽에 깨알만 한 영자英字가 적혀 있었다. 그중에 만일 사고가 났을 때는 귀하에게 5만 불을 지불한다고 되어 있다. 이 돈은 큰돈이지만 자기 생명을 어찌 돈으로 환산할 수 있으랴. 오히려 그 말이 기분 나쁠 뿐이었다. 그래서 그런지 요즈음은 그런 말이 없는 것 같다.

통계학자 중에는 사람의 생명 가치를 돈으로 평가한 이도 있다. 낡은 책 속을 뒤져 보니 영국인은 몇천 불이고, 중국인은 몇백 불이고, 아프리카인은 몇십 불이고 하는 식이다.

'쥐 잡듯이'라는 말은 적에게 하는 말이고, '파리 목숨 같이 죽인다'는 전시戰時 용어다. 결국은 문화 수준이 높은 국민일수록 생명의 값

어치가 높다. 단, 도적 두목의 목에 상금 몇만 불과 같은 것은 예외다. 생명의 객관적 평가는 고사하고 자기 생명을 자기가 평가할 때는 어느 누구나 마찬가지다.

한번은 비행기를 타고 가는 도중 기체가 흔들리며 아래로 몹시 떨어진 때가 있었다. 연거푸 기체가 하강하는데 기절을 할 노릇이다. 내가 왜 기차를 타지 않았던가 하는 생각뿐이다. 그런데도 곁의 사람은 늠름하기에 물었다.

"이거 어떻게 되는 겁니까?"

그분의 대답이 천금千金이었다.

"이건 아무것도 아닙니다."

물론 경험에서 하는 말이니 그 말을 듣는 순간 공포심이 완전히 사라졌다.

또 한번은 배를 탔을 때인데 풍랑이 상당히 심했다. 곁에 있던 친구도 어딘지 사라졌다. 이때 곁에 누워 있는 노인이 이런 말을 중얼거린다.

"선장이 왜 배를 안 돌릴까? 수십 년을 타도 이런 일은 처음인데……."

등어리가 오싹한다. 비틀거리며 밖으로 나갔다. 먼저 친구가 바닷물을 맞으며 갑판 구석에 웅크리고 앉아 있었다. 이때 경비정 한 척이 따라오는 것을 보고 비로소 안심했다. 풍랑은 같은 풍랑인데도…….

| 제2악장 |

사람 속마음 들여다보기

금수현

◆ ◆ ◆

박람회 구경 가고파

오늘은 우리나라 산업박람회가 내일은 시애틀 세계박람회가 각각 시작된다. 박람회의 효시는 멀리 1756년의 영국이라는 것이다. 박람회란 유인과 PR이라고 해도 무방할 것이다. 거리에 흔히 있는 물건도 회장에 진열이 되면 다시 본다. 시상을 하든지 안 하든지 간에 비교라는 것이 따르니 일종의 '콩쿠르'다.

"1센티미터 더 높은 장대를 뛰어넘었다고 그게 무슨 야단거리야?"

이렇게 속 편하게 말하는 친구도 있다.

하지만 그것이 인류의 생장生長이다. 박람회의 진열품은 문화산업을 대변하며 경쟁의식이야말로 발전의 모체다. 또 하나 발전의 형태는 선전PR이다. 이 선전이라는 건 직접적이고 노골적이면 효력이 없다.

버나드 쇼*는 스스로 『쇼의 회견기』를 썼다. 그 글에서 그는 기자에게 갖은 공박을 받는다. 당시 독자들은 그렇게 참을성 있는 친구를 탐지하려고 애썼다. 그래서 쇼는 유명해졌다는 것이다.

같은 영국인 작가인 몸**은 제 책이 도무지 팔리지 않아 청혼 광고를 냈다.

"음악을 즐기고 온화하면서 센티한, 말하자면 최근 몸의 소설 여주인공 같은 아름다운 처녀를 구함."

며칠 뒤 그가 책방을 들러봤더니 어느 책방에도 그 소설은 품절이었다는 기담이다.

아닌 게 아니라 「여정」***에서 캐서린 헵번이 '폴몰'****을 썩 빼 피우는 장면에 어마어마한 선전비를 받았느니 안 받았느니 말이 많았다. 박람회 출품이란 이런 간접 선전은 아니지만 좋은 선전의 기회다. 그럴수록 건실하고 희망적이기를 바란다. 여기서 어설프게 포장 자랑만 하려다가는 많은 사람의 눈총을 맞을 것이다. 사상 최대라니―간접 선전이 아니라―꼭 한 번 가고파.

---

* George Bernard Shaw. 1856~1950. 영국의 극작가 겸 소설가이자 비평가로, 1925년 노벨문학상을 받았다.
** William Somerset Maugham. 1874~1965. 대표작으로 『인간의 굴레』, 『달과 6펜스』 등이 있다.
*** 「Summertime」. 1955년 데이비드 린 감독이 만든 영국 영화.
**** Pall Mall. 담배 상표 중 하나.

◆ ◆ ◆

현모의 빛나는 보석

내가 아는 친구 중에 참 겸허하고 마음씨 좋은 분이 있었다. 이 사람은 남을 욕할 줄 모르는 대신 항상 칭찬이다.

새 옷을 입고 가면 이렇게 말한다.

"그 양복 좋다. 감이 고상한데?"

이발을 하고 가면 또 이렇게 말한다.

"그 어디서 깎았소? 잘 깎았는데."

나는 뭐라 답할 수 없어 동문서답했다.

"여보, 조용히 하시오. 근무시간에 깎은 걸."

이 친구 남의 운전사 칭찬까지는 좋았는데 이런 칭찬까지 했다.

"당신 부하들은 일을 참 잘해요. 영리한 사람들만 모였군."

이 칭찬을 받은 그 과장이 내게 말했다.

"저 친구, 우리 과원들을 추키니 나는 없어도 되겠다는 건지……. 기가 막혀서."

칭찬이 되레 반감을 부른 것이다.

말이란 진심에서 우러나와야 하는 것이지만 때와 경우를 잘 가려야 한다.

"그놈 아버지보다 잘생겼구나."

이는 쾌언이다.

어떤 여성이 초상화가 자기와 닮지 않았다고 불평을 했다. 그 화가가 대답했다.

"이건 당신보다 훨씬 더 닮은 걸요?"

이건 일종의 마술 같은 말이다.

"그 사진 참 예쁘게 찍혔는데요?"

이건 실언이라고 한다.

로마 시대에 부인들이 모여서 보석 자랑을 했다고 한다. 그건 원정을 간 남편들이 훔쳐 온 것이지만 인간 본능인 자랑은 참을 수 없었다. 남의 것을 실컷 추켜놓고 이렇게 덧붙인다.

"그런데 빛깔이 조금만 진했으면……."

"그건 너무 커서……."

이런 대화는 요즈음도 마찬가지일 것이다.

그런데 그 자리에서 한 부인만은 말이 없다.

"당신은 왜 아무것도 안 가졌소?"

그러자 그 부인이 답했다.

"나는 너무나 큰 다이아몬드가 둘이나 되어서 가지고 다니지 않아요."

다른 부인들이 꼭 보여달라고 졸라댔다. 마지못한 부인은 밖을 향해 소리쳤다.

"티베리우스! 가이우스!"

밖에서 놀던 아이들이 부인에게 달려왔다.

"이 아이들이 제가 말한 그 보석입니다."

이 부인이야말로 현모로서 이름난 로마 정치가 그라쿠스 형제*의 어머니다.

---

* 형 티베리우스 셈프로니우스 그라쿠스(기원전 169~133)와 동생 가이우스 셈프로니우스 그라쿠스(기원전 154~121)를 가리킨다. 호민관을 역임한 이들은 역사상 최초로 귀족층에 맞서 평민들에게 부의 분배를 시도했다.

잊히지 않는 헌병대장

어느 날 T라는 친구가 잊히지 않는 이야기라면서 꺼낸 노변담이다.

"그 필자도 어디에선가 읽었던 메모라고 하니까 시간도 장소도 애매하다. 여하튼 미 대륙을 횡단하는 기찻길 옆에 농가 한 채가 있었는데, 이곳을 지날 때마다 2층 창문에서 귀여운 소녀가 손수건을 흔든다는 것이다. 장시일 광야를 달리는 기관사에게는 마치 사막에서 오아시스를 보는 것보다 더 반가운 일이었다. 근 1년을 이 지점에서 기관사는 기적을 울리고 또 소녀는 손수건을 흔들었던 것이다.

그러나 어느 날 어찌된 일인지 소녀가 보이지 않았다. 이 기관사는 불안과 허무감에서 가슴이 미어질 듯했다. 그만 기차를 멈추고 그 집으로 달려갔다. 승객들은 야단법석이다. 과연 어린 소녀는 폐렴이었으나 벽지라 치료도 못 받고 누워 있었다. 기관사는 그 소녀를 차에 싣고 다음 역 부근에 입원시켰다. 이후 불법정차가 큰 문제가 되어 징계위원회에서 벌을 받게 되었다.

하지만 그 미담이 상부에 전해지자 특사가 내리고 인간미를 치하해 포상을 받았다. 이것을 관대라고 할까?

나는 약간 눈시울이 뜨거워졌다. 그리고 나도 관대에 대한 옛일이 생각났다.

부친이 위독하다는 말을 들었으나 6·25 직후라 아무리 구해도 차가 없어 트럭을 빌려 시골로 갔던 일이 떠오른 것이다. 빈 트럭이니 행인이 수없이 올라탔다. 옥신각신할 시간이 없어 마구 달렸다.

그러나 도중에 헌병에게 걸렸다. 사람 태운 죄, 운행증 없는 죄……. 하지만 규칙은 규칙이다. 가망 없는 초조감. 나는 대장을 찾아 진실로써 애원했다. 그는 한참 눈을 감고 있더니 말 한마디 없이 메모를 적어 주었다. 실신한 부친을 누운 채로 실은 트럭.

십여 년이 지났건만 아버지 얼굴을 볼 때마다 관대라는 아름다움과 함께 그 이름 모르는 헌병대장 생각이 잊히지 않는다.

◆◆◆

대폿집이 좋긴 하지만

    나도 술은 좋아하는 편이지만 우리나라 사람의 술 마시는 정도는 좀 과한 성싶다. 더구나 많이 마셨다는 걸 남에게 보이려는 연기는 확실히 희극이다. 요정은 불문하고 소위 대폿집이란 아이디어 만점이다. 전신에 유리를 끼워 안줏감만 보이는 게 아니라 술 취한 장면도 뵈니 약주깨나 하는 사람치고 과주불입*할 수는 없다. 그 속의 호인들—참으로 호인들이다—시계를 들여다보면서 또 한 잔이다. 아마 마라톤선수같이 집에 골인할 때 사이렌 불어주기를 원하는 모양이다.

    어쨌든 기분 좋은 건 좋은데, 거리에 나서면 여인에게 너무 친절한

---

* 過酒不入. 아는 술집을 지나가면서도 들르지 않음.

게 탈, 합승한 택시 안에서도 대절한 것 같은 기분이 탈, 버스 안에서는 차장 노릇하는 게 탈이다.

근일 늦게 만원 버스를 타보고는 심각하게 느낀 것이 있다. 이 글이 조간신문에 실리니 "말뚱한 애주가들 함께 생각해봅시다."

옛날이야기에 술 못 마시기 내기가 있다. 성급한 토끼란 놈이 "술 냄새에 취한다"라고 했다. 그러자 거북이는 "밀밭에서 취한다"라고 응수했다. 그러자 능청맞은 두꺼비는 말없이 뒹굴어댄다. 기다리던 토끼와 거북이가 채근했다.

"두꺼비, 자네 차례야."

"밀밭 이야기를 왜 하는 거야? 취해서 못 견디겠어."

두꺼비는 이렇게 말하면서 더욱 취한 연기를 했다. 당연히 1등은 두꺼비 차지였다.

어느 청년 시인은 주패*가 있은 후, 절주**를 했다. 모임에서 손님이 잔을 내밀며 물었다.

"당신은 왜 술을 들지 않소?"

그러면 그 시인이 이렇게 답했다고 한다.

"왜요? 저는 항시 시詩에 취해 있는 걸요?"

술은 가벼운 마취제이므로 때로는 서로의 견해차를 완화시켜 부드

* 酒敗. 술내기에서 짐.
** 節酒. 술 마시는 양을 알맞게 줄임.

러운 교우를 할 수 있는 장점을 가지고 있다. 주당들도 이 장점을 살려서 서로 기탄없이 주견교환*을 하고 웃고 즐기고 나서 적당한 시간에 일어나 곁눈 팔지 말고 똑바로 집으로 돌아가 그 즐거움을 가족에게도 나누기만 한다면 얼마나 좋겠는가.

---

* 酒見交換. 술에 대한 생각을 서로 주고받음.

발동기 단 거북선

    요즘 몇 군데에 세워진 동상과 조각이 동적動的인 것은 참으로 다행이다. 과거에는 점잖게 서 있어야만 동상인 줄 안 모양이다. 4·19 후에 특히 목격한 일이지만 옛말에도 산 사람 비석동상은 세우는 법이 아니라 했다. 그래서인지 움직이는 동상은 보기 힘들다. 그 밑에 적어놓은 설명을 읽기 전에는 무엇을 한 분인지 알 도리가 없다. 더구나 외국 사람 눈에는 모두가 천하대장군같이 보일는지 모른다.

    충무공의 동상이 진해, 부산, 충무에 있는데 다 직립이다. 거북선 위에서 진두지휘하는 모습의 동상도 있었으면 추모의 정이 더하여질 것이다.

    충무공 이야기가 났으니 말이지 충무시에 갔을 때 거북선 조선을 제안한 적이 있다. 여러 번 계획은 했으나 원조가 없어 좌절되었다는 말들이었다. 덕택으로 외원外援 없이 부락민을 데리고 10여 척의 거북선을 만든 충무공의 위대성을 다시 한번 확인할 수 있었다.

외국 사람 중에는 한국 사람이 그렇게 거북선을 자랑으로 삼으면서 아직껏 눈으로 보여주지 않으니 충무공이 그만큼 훌륭했는지, 그렇지 않다면 과장이 아닐까라고 하는 사람이 있을까 두렵다. 동상이나 영화는 정신적이다. 다행히 거북선이 만들어져 보여주고 탈 수 있게 된다면 과학적으로 숭배하게 되지 않을까. 비단 외국인뿐 아니라 우리 국민 특히 어린이들에게 충무공의 위대한 연유를 구체적으로 알려줄 필요가 있다.

길이가 최대 113척*이라고 문헌에 있으니 축소된 모형이나 그림은 실물이 없기 전에는 역효과다. 단, 노는 젓기 곤란하니 발동기를 달았으면. 움직이는 거북선과 동적 동상은 같은 원리다.

---

* 尺. 조선시대 때 배의 크기를 나타내는 단위로는 영조척이 사용되었는데, 이에 따르면 1척은 30.65센티미터로 113척이면 약 35미터가량이다.

◆ ◆ ◆

앞으로 2백 년은 잘 수 있군

셰익스피어와 같이 훌륭한 극작가를 실존 인물이 아니라고 떠든 일이 있었다. 사실 그의 생일은 지금도 모르며 오늘이 세례 받은 날로 되어 있다. 그의 작품 「줄리어스 시저」*에 시저의 살인자 브루투스와 친구 안토니우스의 웅변대회 장면이 있다.

군중 앞에서 브루투스는 그의 독특한 웅변술로써 사람들을 흥분시킨다.

"저는 시저를 사랑하는 마음이 간절했습니다. 그러나 로마를 사랑하는 마음이 더욱 강했기 때문입니다."

---

* 「Julius Caesar」. 1599년에 셰익스피어가 쓴 희곡으로, 시저가 정적인 폼페이우스를 제거하여 정치가로서 권력의 정상에 올랐을 때 암살당하는 내용이다.

다음에 단상에 올라간 안토니우스는 맨 처음 시저의 유서를 꺼내며 이렇게 말한다.

"브루투스는 참으로 공명정대한 분입니다. 여기 시저의 유서를 읽는다면 여러분은 그의 상처에 입 맞추려 할 것입니다. 또 그 머리카락 한 개라도 자손 대대로 모시려 할 것입니다. 그러나 공명정대한 브루투스를 위해서 읽지 않겠습니다."

그의 연설은 브루투스보다 훨씬 심리적이다.

"저는 브루투스같이 웅변가가 못 되어……."

이렇게 말하면서 군중을 혹하게 하여 당장에 브루투스에게 복수하는 안토니우스야말로 웅변가다. 웅변인지 아닌지 들어보지도 않고 '웅변대회'라고 칭하는 용언用言도 그렇지만, 우리가 흔히 보는 활동사진* 변사의 '콩쿠르' 같은 말 대회도 우습다. 심사원이나 관계자를 제외하고는 남의 생각으로 말하는 이야기란 참으로 따분하다.

영국의 한 의원이 조선안造船案 설명을 노아의 목선부터 시작하기에 수상 노스** 경은 한참 졸다가 곁의 장관에게 물었다.

"지금은 어느 시대요?"

"스페인 함대 이야기니 엘리자베스 시대입니다."

---

* '영화'의 옛 용어. 움직이는 사진이라는 뜻으로, 무성영화와 같은 초기 영화를 오늘날의 영화에 상대하여 이르는 말로도 쓰인다.
** Lord North. 영국 제12대 수상. 1770년부터 1782년까지 재임.

"그럼 앞으로 2백 년은 잘 수 있군."

이렇게 말한 뒤 노스 경은 다시 잠에 빠져들었다는 이야기다.

이제 긴 연설, 긴 축사, 긴 브리핑 해설은 없어졌으면 좋겠다.

♦ ♦ ♦

솔잎 따는 성악가

'빌토지 디 로마'* 연주를 들으면 우리나라 국악이 생각난다. 그들이 연주한 곡이 바로 이탈리아의 국악이기 때문이다.

이탈리아 음악의 조상도 동양이고, 우리 것도 동양이다. 하지만 수세기를 지난 오늘날 그 차는 너무 크다. 그들이 가지고 온 쳄발로**를 옛 악기라 하지만 우리가 가진 양금***은 쳄발로의 시조 그대로 가지고

---

* Virtuosi Di Roma. 1962년 4월 18일 서울시민회관에서 한국 최초로 개최된 국제 음악제에 참가한 이탈리아 실내 합주단으로, 당시 토마소 알비노니가 작곡한 「오보에와 현과 보조의 쳄발로를 위한 협주곡」을 연주했다.

** cembalo. 16~18세기에 가장 인기를 누린 건반 악기로, 피아노가 등장하면서 그 자리를 빼앗겼다.

*** 洋琴. 사다리꼴의 평평한 공명상자 위에 금속 줄을 얹고 대나무를 깎아 만든 가느다란 채로 줄을 쳐서 연주하는 악기로, 국악기 중 유일한 타현(打絃) 악기다.

있지 않나. 참으로 지조가 있는 우리 국악이지만 자랑할 건 못 된다. 양금은 훌륭한 악기지만 시설이 열악한 시민회관에서 잘 들리지 않는다.

나는 또 어느 명창의 이야기를 들은 적이 있다.

"명창이란 천 명에 한 명 나기가 어렵소. 폭포에 가서 노래 한 수 부르고는 솔잎 한 개를 갓에 담는 것이오."

"그래서요?"

"또 한 수에 한 개, 반나절까지 가득 채우지요."

"그래서요?"

"이번에는 한 개 한 개 들어내고 나서야 집으로 돌아오니까요."

참으로 기막힌 이야기다.

양악洋樂에서는 발성을 장시간 못 하게 한다. 그러고 보니 창가唱家의 999명은 인후 파열증이 되는 모양이다.

가야금은 한 번 퉁기면서 줄을 늘이면 몇 가지의 소리가 난다. 이런 특색 있는 악기는 다른 나라에는 없다. 그러나 단칸방에서만 알맞은 악기다. 좀 더 크게 만들고 큰 소리가 나도록 개량하면 세계 여행을 할 수 있는 악기다. 보수족保守族들은 못마땅하게 생각할는지 모르지만 국악기는 개량되어야 하고, 음률도 순정률*로 고쳐야 화음을 낼

---

* 純正律. 각 음 사이의 비가 유리수 비율을 갖는 음률로 작은 정수들의 비를 갖는 두 음은 그렇지 않은 두 음보다 협화음으로 들린다.

수 있고, 음감이 정해진 학생에게도 가르칠 수 있을 것이다.

발성법만 하더라도 과학적으로 하면 1천 명 중 9백 명은 명창이 나올 것이다. 양금이 쳄발로로, 또 쳄발로가 피아노로 변장되었다고 해서 시비를 걸 사람은 유럽에서는 없을 것 같다. 하루라도 빨리 우리 국악을 살리자.

낮에 귀가한 비미신가

사람이란 정신적인 동물이기에 미신이라는 것이 인간 생활에서 없어지기는 힘든 모양이다. 요즘은 미신을 도무지 믿지 않는 사람이 많아졌지만 그래도 일이 뜻대로 되지 않거나 큰일을 치르려는 사람들은 이 미신이라는 것에 홀리게 된다. 그래서 몰래 점쟁이에게 갔다 와서는 잘 맞히더라는 자위를 한다.

스탈린 같은 무신론자도 히틀러가 모스크바 70킬로미터 인근까지 육박했을 때 총사령관 주코프를 보내면서 포켓에서 탄피 조각 한 개를 집어 주며 이렇게 말했다고 한다.

"이걸 가지게. 그러면 꼭 이길 거야."

말하자면 마스코트였다. 이를 본 비서가 딱해서 물었다.

"각하도 그런 미신을 믿습니까?"

그러자 스탈린이 꽁무니를 빼면서 말했다.

"아니, 내가 믿는 게 아니라 저 친구가 믿거든."

사람이란 다급하면 다 이렇게 되는 것이 미신의 마력인 성싶다. 점술이란 그럴듯하게 말하는 데에 매력이 있다. 사람 차림을 봐서 짐작으로 과거 일을 하나둘 맞히기만 하면 그다음은 미래로 달려간다. 미래를 맞히기란 누워 떡 먹기다.

"잘될 거요."

"그러나 조심해야 하오."

이런 이야기야 누구에게나 아무에게나 공통된다. 이 공통어를 많이 알고 있는 것이 점술가다.

친구 하나는 자기가 절대로 미신을 믿지 않는 걸 늘 자랑했다. 그런데 어느 날 아침 부인이 어두운 표정으로 말했다.

"여보, 어젯밤 꿈이 괴상해요. 우리 집에 온통 불이 났어요. 당신도 다치고 엉엉 울다가 깼지요."

"불난 꿈은 나쁘지 않아. 괜찮아."

친구는 부인에게 이렇게 대꾸하고 집을 나섰지만 괜히 찜찜했다. 사실 그 친구의 말부터가 미신적인 것이다.

마침 그날 낮에 어디선가 불이 나 사이렌 소리가 요란했다. 어느 익살꾼이 밖에서 들어오면서 말했다.

"불차가 동대문으로 가더라."

그 말을 듣자마자 그 비미신가非迷信家가 부리나케 택시를 타고 귀가했다.

"여보, 오늘은 웬일이오?"

멀쩡한 부인 표정을 보며 이 친구 얼굴만 빨개졌다나.

◆ ◆ ◆

주인공은 죽어야 한다

1961년도 아카데미 영화상을 「웨스트 사이드 스토리」*가 받았다 한다. 우리나라에 언제 올지 모르니 선전 아닌 소개를 할까 한다.

이것은 뉴욕 뒷골목의 비극이다. 줄거리라는 게 이렇다.

이 거리의 양대 조직 S와 J는 호적수다. S의 두목 베르나르트의 의형제 토니와 J의 두목 리브의 여동생 마리아가 열애를 한다. 마치 「로미오와 줄리엣」의 신판 같다. 이 사랑 때문에 양 패의 결투가 벌어져 리브가 베르나르트를 찌르니 의리상 토니는 애인의 오빠 리브를 찌른다. 사랑은 피보다 강하니 마리아는 오빠의 원수와 서로 안았을 때,

---

* 「West Side Story」. 1961년 제롬 로빈스, 로버트 와이즈 감독이 만든 미국 영화.

반대 패에 의하여 토니마저 죽고, 마리아 혼자 시체 위에 쓰러진다는 내용의 비극이다.

이러한 깡패 이야기가 오스카상을 받게 되는 데는 다른 조건이 있는 성싶다.

이것은 70밀리 영화로 현란한 음악과 춤이 현대인의 가슴 깊이 스며든다. 다시 말하면 비미국적인 비극을 미국적 재즈로 균형을 맞춘 걸작일 테다. 오페라라는 것은 원래 그랜드오페라, 곧 정가극正歌劇을 말하며, 코믹오페라, 즉 희가극喜歌劇과 구별되어 있다. 정가극의 특색은 마지막에 주인공이 죽는 데에 있다.

「카르멘」, 「라 트라비아타」, 「아이다」, 「토스카」 등 마치 죽지 않으면 오페라가 아니라고까지 생각한다. 언젠가 「공포의 보수報酬*라는 명작 영화가 있었는데, 그 주인공도 마지막 희망 직전에 죽는다는 것이 원작이다. 너무 비참하다고 당시 우리 검열관이 가위질을 해버려 주인공이 살아 있었다.

이와 같이 프랑스는 지금도 대작이라면 주인공을 죽이고 있다. 이것은 유럽뿐만 아니라 우리나라도 공통된 심리인 것 같다. 연극이나 영화를 보고 한바탕 울지 않으면 본맛이 안 난다는 것이기에 그야 그럴 수밖에. 주인공이 잘되어도 시기하는 습성들이니.

---

* 「Le Salaire de la peur」. 1953년 앙리 조르주 클루조 감독이 만든 프랑스 영화로, 그해 칸국제영화제와 베를린국제영화제를 동시에 석권했다.

◆ ◆ ◆

곰탕은 어른들이 다 먹고

우리가 보통 키 이야기를 할 때, 큰 사람이나 작은 사람이나 다 "내 키가 한국 사람으로는 알맞은 키다" 또는 "내 키가 표준 키다"라고 한다.

그러나 실은 대개 그렇게 말하는 사람일수록 표준보다 작거나 크다. 키가 크고 작은 것은 유전이라는 선천적인 것이기는 하나 노력에 따라서는 후천적인 면도 있다고 본다. 후천적인 것에는 두 가지 노력이 필요할 것 같다. 하나는 생활양식이고 하나는 먹성이다.

우리는 아이를 업어서 키운다. 그리고 방바닥에 다리를 항상 굽혀 앉는다. 어른 앞에서 다리를 펴고 있으면 야단나니까. 그러니 다리 바른 사람이 드물 수밖에. 의자 생활이란 어릴 때부터 시켜야 효과적이고 갓난아기는 다리를 쭉 뻗도록 길러야 할 것이다.

이웃 일본에서는 소학생에게 강제 급식을 해서 2센티미터 가까이 평균 신장을 높였다고 하니 이제 왜*라는 말을 면하게 된 셈이다. 급식이란 식량이 없어서가 아니라 뼈를 크게 하는 칼슘을 먹으려는 것이다. 우유에도 칼슘이 있지만 조개껍데기를 필요량_{하루 반 숟가락 정도}대로 빵에 넣어버리니 안 먹을 수 없는 것이다.

우리나라 음식에도 칼슘이 든 것이 없는 건 아니다. 말하자면 곰탕이랄까. 그런데 이걸 아이들이 먹어야 할 텐데, 키 다 큰 어른들이 먹어버리니 딱하다. 멸치란 것은 뼈째로 먹을 수 있으니 참으로 효과적인 것인데, 중부 이북은 이걸 좋아하지 않는다.

어느 영양학자는 이렇게 말했다.

"사람이란 기르는 닭 먹이에 대해서는 영양 분석까지 하면서 자식 먹이에 대해서는 무관심하다."

그야 닭이란 놈은 당장 알을 낳으니 그럴 밖에야.

항상 내 키가 표준이니 문제다.

---

* 倭. 중국에서 기원한 말로, '복종심이 강하고 체구가 작으며 다리가 구부러진 사람'을 염두에 두고 만들어진 단어다.

◆ ◆ ◆

머리가 좋아지는 음식

영양 이야기를 계속하면 나이든 사람일수록 육식보다 채식이 좋다는 게 학설이다. 이걸 알았는지 버나드 쇼는 매일없이 채식만 했다고 한다. 친구가 딱해서 놀리듯 말했다.

"이 사람아, 그렇게 고기를 안 먹으면 일찍 죽을 거야."

비꼬기로 유명한 쇼가 이렇게 대답했다.

"그래도 좋아. 그 대신 내 관을 따르는 건 사람보다 잡아먹히지 않은 동물들이 더 많을 것을 생각하니 기쁘네."

그래서인지 쇼는 무려 94세까지 살았다.

같은 장수자이지만 올해 88세인 처칠* 옹은 굉장한 육식가라고 한다. 그가 여러 접시를 정복하고 있을 때 앞에 앉은 채식가가 들어오는 고기를 늘 거절하는 걸 보면서 말했다.

"나는 참 다행이야. 먹고 싶은 건 뭣이든 먹을 수 있고, 마시고 싶으면 무엇이든 마시고, 하고픈 일은 뭐든지 하는데, 도리어 코가 빨개지는 놈은 이 칠면조란 말이야."

이렇게 말하면서 그는 연신 칠면조 접시를 내밀었다고 한다.

처음에는 보신탕이라는 말이 월권인 것 같고 카무플라주* 같았으나 요즘은 잘 통한다. 이름이란 자꾸 부르면 익숙해지는 것 같다. 얼마 있으면 이렇게 될지도 모른다.

"저기 보신이 걸어간다."

"자네 집 보신에게 물렸네."

더위와 더불어 보신족이 늘겠지만 40세 이상에게 과식은 무효다.

우리나라 어린이에게 부족한 것이 셋 있는데 첫째 칼슘이요, 둘째 기름이요, 셋째 설탕이라고 한다. 고기는 이 중 칼슘과 기름을 포함하고 있으니 어린이에게 먹여야 한다는 게 영양학자의 변이다. 당분은 머리가 좋아진다고도 한다. 그래서 설탕 많이 먹는 도시 아이들의 입학률이 좋아지는지 모를 일이다. 그러고 보니 심청의 계모 뺑덕이네가 엿을 많이 먹어서 꾀만 는 모양이다. 제당 회사여, 논문을 발표하시라.

---

* camouflage. 불리하거나 부끄러운 것을 드러나지 않도록 의도적으로 꾸미는 일.

◆◆◆

돈을 밟고 다니는 사람들

라디오에서 얼핏 들리는 소리에 최근 아인슈타인 박사의 편지 한 장이 경매에서 1만여 불에 팔렸다는 이야기다. 우리 돈으로 130만 원이니 놀랄 만한 일이다. 이 방송을 들은 사람 중에는 장차 내 편지는 얼마에 팔릴까 하고 생각해본 이도 있을 법하다.

편지란 길거나 명문이라 값이 있는 것이 아니고 쓴 사람이 유명해져야 된다. 유명해질 자신을 가진 사람은 미리 편지를 많이 보내서 자선을 베풀어둘만 하다.

내가 생각하기로는 뭐니 해도 마르코 폴로가 인도에서 고향 친구에게 보냈다는 그 편지 값이 제일 비쌀 것 같다. 그는 대충 다음과 같은 사연을 적었다.

"사랑하는 친구여, 나는 지금 참으로 신천지에 있다. 여기에는 우리가 가지고 싶은 것들이 너무나 흔하다. 예를 들면 거리에는 금덩어리가 발에 차여도 줍는 사람이 없다."

이 편지 한 장 때문에 역사가 바뀌었다 해도 과언이 아니니 얼마나 고가인가를 짐작할 수 있다. 2백 년 뒤에도 이걸 믿은 콜럼버스는 인도에 간다는 게 미 대륙을 발견(실은 동인도만…… 대륙 발견은 그 후에 아메리고 베스푸치*가 발견)하게 되었다. 마르코 폴로의 편지는 물론 거짓말이지만 이치는 맞는다. 금광이 있어도 파낼 줄 모르고, 진주가 바닷속에 있어도 꺼낼 줄 모르는 곳에 와서 보는 느낌이란 그럴 것이고, 또 그렇게 표현했기에 서양 사람의 입장에서 보면 개척 의욕이 생기게 된 것이다.

지금도 도시인이 농촌에 가보면 개척할 분야가 많음을 느끼듯이 같은 도시인끼리도 머리가 좋은 사람 눈에는 길바닥에 돈이 굴러다니고, 실직자는 먼 산만 바라보며 그 돈을 밟고 다닌다고 표현할 수 있다. 이러한 투시력을 새로운 용어로 '아이디어'라고 한다니 아이디어 지닌 사람은 굶지 않으리라.

---

* Amerigo Vespucci. 1454~1512. 이탈리아의 탐험가로, 아메리카 대륙이 아시아의 일부가 아닌 독립적인 대륙임을 밝혔다. 그의 이름 '아메리고'에서 '아메리카'라는 지명이 유래되었다.

점포보다 큰 간판

아이디어를 생각하면서 거리를 걸어본다. 수많은 간판들이 각색각 양으로 "날 좀 보소!" 하고 얼굴을 내밀고 있는 것 같다. 시골 손님은 간판을 보고 찾아드는 것은 사실이나 어떤 건 점포보다 더 큰 간판이 있다. 이것은 마치 못생긴 얼굴에 분칠만 잔뜩 한 느낌이다. 외국은 물론 우리나라에도 큰 건물일수록 간판이 작은 법. 그중에는 10리 밖에서도 보일 만한 간판을 붙인 관청도 있기는 하지만 결국 활자 이용도가 낮다는 후진성인 것이다.

"이마가 넓으면 공짜를 바란다."

이 속담을 상기했으면 좋겠다.

구둣방 셋이 나란히 생겼다. 한 집이 '광복동 최고화점'이라는 간판을 붙이자, 화가 난 옆집에서 '부산 제일화점'이라는 간판을 내걸었다. 남은 한 집은 조그마한 간판에 '이 거리에서 좀 나은 구둣방'으로 응수했다. 기발한 아이디어다.

무대 위에 소가 나온다고 구경꾼의 호주머니를 턴 흥행사와 같이 공중에 코끼리를 올리거나 간판에다 바다를 그려놓는 얼음집은 이해가 가나 뱀을 그려서 길 가는 여인을 깜짝 놀라게 하는 건 좀 지나친 '아이고 두야'다.

우리나라 간판이 몇 년 전부터 모조리 한글로 바뀌었다. 근일에 온 어떤 일본 사람이 한국에서 달라져 부러운 건 한글 간판이라고 했다. 한글 간판이야말로 중국, 일본과 구별되는 특색이고 자랑인데 요즘 슬그머니 한자로 바꾸는 사람이 눈에 띈다. 원래 중국 사람이 경영하는 상점은 허용하게 되어 있으니 경영주가 중국 사람인지 모르지만 세종대왕님의 공적을 생각하고 자라나는 어린이를 생각하더라도 그와 같이 후퇴할 필요는 없다고 본다.

앞으로 외국 손님이 오더라도 간판을 보는 것이 아니라 물건을 보고 들어갈 터이니 그러한 간판으로 한몫 볼 생각은 안 하는 게 좋을 것 같다.

◆◆◆

속을 사람은 먼 데 있다

　거리의 약장수는 바이올린을 켜니 장꾼들이 제 발로 모이는데, 영화 광고는 너무 자화자찬으로 억지로 부르는 감을 준다. '감동, 흥분, 갈채'는 누가 하는지 모르지만 많이 들어오기만 하면 흥행주야 선전 문구대로 '일생에 잊지 못할' 일이 될 것이다.

　유인 문구로는 '화제, 인기, 성황, 절찬, 절정, 기록적, 역사적, 사상 최대' 등이고, 과장 문구로는 '만원, 대만원, 초만원, 최대 만원, 최고 인파' 등이며, 이외에도 '당당, 공연의, 선풍적, 초일부터 매진' 등 사전이라도 만들 정도다―이상 4월 중 신문 광고에서 발췌―.

　여기에 속을 사람은 시골에 앉아서 극장 구경 못 올 사람이니 딱하다.

이에 비하면 객이 운집한 사진은 좀 효과적이다. 선전이란 진실성이 있어야 하며 떠벌리면 효과적이지 않다. '세상에는 이런 일도', '줄거리는 말하지 마시오' 등은 범위를 좁힌 것이다. 약 광고에서 '○○균 전성시대'와 '반드시 독감은 아니다'를 비교하면 짐작이 간다.

영화 선전이란 특히 초점을 잡아 되도록 간접적으로 하는 것이 효과적인 것 같다. 옛날 발렌티노*를 데뷔시킬 때 '세계 제일의 미남자'라는 말 대신에 '남성적 매력'을 써 결과는 제일의 미남을 만들어버렸다. 요즘이야 남용되는 '성적 매력'이지만 여성들은 매력을 느끼기 위해, 남성들은 지지 않으려고 발렌티노 영화에 쇄도.

어쨌든 카페의 춤꾼이었던 그가 불과 몇 개의 영화를 남긴 채 31세에 죽었으나 그 장례식은 우중雨中인데도 2만 명의 광팬 때문에 수라장이 되었다고 한다. 통계에 의하면 부상 430명, 자동차 전복 13대, 구두 분실 65짝, 우산 분실 120개, 스카프 분실 ○○개……

35년 후인 오늘도 묘에는 꽃과 향이 불멸이라니 말 한마디가 무섭구나.

◆ ◆ ◆

고철 줍는 한국 카네기

결국 아이디어라는 것은 남이 생각하지 못하는 것을 생각한다는 것이다. 어떤 사람이 무엇을 해서 성공했다고 우우 따라가는 것은 아이디어가 아니다. 또 아이디어는 어설프게 건드려놓기만 하면 남이 가로채는 것이기도 하다.

미국의 C 담배가 안 팔려 셀로판으로 싸고 "습기를 막는다"라고 선전하며 팔기 시작하자 L 담배 회사에서는 셀로판에다 빨간 줄을 달아 "쉽게 뜯어진다"라고 광고해서 앞질러버렸다는 것이 그러한 예다.

돈 벌기 전문가라면 카네기*를 들 수 있다. 그는 아이디어로 빈곤한

---

* Andrew Carnegie. 1835~1919. 미국의 자본가로, 카네기철강사(현 US스틸)를 설립했으며 교육, 문화 사업에 헌신한 자선사업가다.

이민자의 아들로서 철강 왕이 되었다. 우리나라에서도 그를 사모하여 고철을 줍는 사람도 있지만 카네기가 지금 있으면 철보다 플라스틱에 손을 댈는지 모른다.

사업이란 사회 욕구와 시대성이 부합되어야 하는 것이다.

카네기홀을 지어 이류 음악가의 침을 흘리게 한 그가 어릴 때 어머니를 따라 과일 집에 갔다. 앵두가 먹고 싶어 침을 흘리고 있노라니 주인이 서비스로 주겠다며 이렇게 말했다.

"한 줌 쥐어라."

그러나 카네기는 고개를 흔들었다. 두 번을 권해도 고개를 흔들기에 주인이 한 줌 쥐어 포켓에 넣어주었다.

집에 돌아와서 어머니가 말했다.

"너 참 점잖았어."

그러자 카네기가 대답했다.

"엄마, 그런 게 아니라 내 손보다 그 주인 손이 훨씬 크단 말이야."

어머니는 눈이 둥그레졌다가 속으로 웃고 말았다.

말하자면 카네기는 어릴 적부터 아이디어의 신동이었던 것이다.

아무리 벌고 싶어도 좀 더 많은 돈을 그것도 이쪽에서 뺏는 것이 아니라 가져오도록 하는 배짱. 이런 인내력이 오늘의 사업가들 중에 얼마나 있을는지.

카네기홀에서 초청만 기다리다 사라진 연주가도 많긴 하지만…….

◆◆◆

지휘자여 얼굴을 보라

4악장의 곡을 마지막 악장만 연주한 것은 경우에 따라서는 이해가 가나 연주 도중에 잠깐 중단한 것은 시빗거리가 될 만하다. 옛날 브람스는 허리띠를 잊어서 바지가 내려오는 걸 잡고도 지휘를 계속했다고 한다.

지휘자와 악사가 적개심을 가지는 건 연습할 때뿐이다. 관중 앞에서는 모든 악사와 지휘자가 일심동체가 되어야 하는데, 제 손가락이 펴지지 않았다고 자기 손을 때리는 사람이 있을까?

비슷한 일은 과거에도 있었다.

한 연주자가 음을 뺐더니 지휘자가 노발하여 외쳤다.

"야, 이 도둑놈아!"

너무 지나치다고 생각한 연주자가 되받았다.

"내가 어째서 도둑이야?"

지휘자가 말했다.

"여기 세 콩알을 훔쳐 먹었지 않았나?"

이런 이야기도 다 연습 때지 연주에서는 별로 들은 적이 없다.

지휘자 말이 났으니 말이지 요즘 텔레비전에 나오는 가수들 중에는 지휘자가 많다. 단, 자기 노래를 자신이 지휘하는……. 무슨 제스처인 지는 모르지만 손가락으로 한 말 한 말에 따라 흔드는 건 다른 나라 에서 보기 드문 진풍경이다.

가수적 지휘자여, 지휘자적 가수여, 제발 무대에 서기 전에 거울 앞 에 서서 연습할지어다.

몸짓, 손짓, 발짓, 눈짓, 머릿짓, 입짓. 이건 다 때가 있고 멋이 붙어 야 하는 법이다. 거울 앞에서도 안되거든 산속_{자연}에서 하면 고쳐질 것이다.

◆◆◆

공중에서 신발 찾다가

향학열에 불탄 시골 청년 세 명을 받아 2층에 자게 한 모 학원의 B 교사가 혼났다는 이야기다.

어느 숙직하는 날 밤 동리가 요란스럽더니 꽝 하는 총소리가 났다. 얼마 후 근처에서 신음하는 소리가 들리기에 올올 떨며 나가 봤더니 쓰러진 두 사람이 있어 불을 켜 보니 피투성이의 그 시골 학생이 바로 갑과 을이었다는 것이다. 이것이 과연 원인 모를 살인 사건이었을까?

치료를 하여 완치되었다는 미수 사건이라 다행이었지만 그 경위가 걸작이었다.

그날 밤 좀도둑이 있어 "도둑이야!"라는 소리에 순찰 중이던 형사가 공포를 쏘았는데, 이걸 들은 갑이 잠결에 놀라 자기 집같이 밖으로 나온다는 것이 지나치게 높은 방문이고 보니 "쿵!" 하고 떨어진 것이다. 을은 약간 침착한 편이나 2층으로 나간 친구 걱정이 되어 문틱에서 행방을 정탐 중이었다. 총소리는 들었으나 눈을 늦게 뜬 잠자리의 병은 창문틱에 선 놈을 강도로 알고 허리띠를 졸라매고는 엉덩이인지 앞인지 모르지만 힘껏 차올렸더니 또 "쿵!" 하고 떨어져버렸다.

이것이 웃지 못할 사고 원인이었다.

"그럼 그 피투성이는 어찌 된 거요?"

"교실 앞에 나무가 있었거든요. 그 가지에 걸렸기에 죽지 않은 거예요."

B 교사의 대답이었다.

익숙하지 않은 일은 잠깐 생각해서는 깨닫지 못한다는 심리적 이야기다.

몸은 공중에 있어도 마음은 방바닥에 있었다고나 할까.

＊＊＊

귀가 수형자에게

요즘 유사 이래란 말이 많이 쓰이지만 수형자를 얼마 동안 돌려보내다는 '옥중귀가'란 일이야말로 유사 이래가 아닐까.

귀가자의 기쁨은 얼마나 클 것이며 또 며칠 뒤에는 다시 옥중의 몸이 된다는 기분은 당사자 아니면 누구도 느껴볼 수 없는 심경일 것이다.

이로 인하여 범죄가 얼마나 어리석은 일이며 자유가 얼마나 아쉽고 또한 희망이 생명임을 더욱 느낄 것이다.

경험자의 말에 의하면 범죄가 있고 없고 간에 혐의를 받고라도 구치소에 발을 넣을 때 마음 약한 사람은 염세증 환자가 되어 곧잘 목을 조르려고 하므로 허리띠를 풀게 한다는 것이다. 하지만 형이 일단

110

결정되면 마음은 진정되고 낙천가들은 한결 명랑해진다고 한다.

어떤 죄수는 이렇게 자랑하기도 한다.

"앞으로 5년밖에 남지 않았어."

어떤 학자는 이런 너스레를 떨기도 한다.

"내가 영어를 마스터한 건 형무소이니 이번에는 스페인 말을 공부하기 위하여 한 번 더 갈 수 없을까?"

사실 그 속에서의 나쁜 교우 때문에 출옥 후 재범하는 자도 있다고 한다.

"내가 이렇게 된 것이 성공이라면 이 계획은 과거 옥중에서 한 걸세."

이런 말을 남긴 위인도 있다고 들었다.

포켓 안의 돈을 만져보고 이렇게 말하면 염세가다.

"아이고, 얼마 안 남았네."

반면 이렇게 말한다면 낙천가다.

"아직 많이 남았군."

수형자여, 부디 낙천가가 되어 희망을 가져주기를 희망한다.

◆◆◆

신발보다 못한 키스

개를 기르지 않는 내가 고양이는 기른다. 한때는 아홉 마리까지 기른 적이 있다.

고양이란 놈은 표리가 있어 밉다지만 그걸 관찰하는 게 재미있다. 아양을 떨다가는 생선을 물고 달아나는 꼴이 볼만하다.

그것보다 고양이 연애가 흥밋거리다. 달밤에 아무리 쫓아도 창밖에서 목메어 부르는 '로미오'가 그만이다. 프랑스 영화에서는 애정을 표현하기 위해서 고양이를 등장시키는 장면이 많다.

오래된 영화이지만 「슈발리에의 유행아」*에서 2층에 투숙한 여인을

---

* 1936년 쥘리앵 뒤비비에 감독이 만들고 모리스 슈발리에가 열연한 프랑스 영화.

사모하여 잠을 못 이루는 슈발리에 대신 고양이란 놈이 기어 올라가는 장면이 나온다. 숨은 스토리를 보는 파리지엔들이야 다 알아채는 장면이다.

미국 영화로는 「워터프론트」*에서 깡패_{말런 브랜도}가 창밖에서 휘파람을 불면 딸_{에바 마리 세인트}의 외출을 말리는 아버지 뒤에 웅크린 고양이_{애정}가 나오는 장면이 있었다.

우리나라 영화에도 노골적으로 껴안고 키스하는 장면 대신 아는 사람만 아는 암시가 더 활용되었으면 좋겠다.

예를 들면 '바가지를 긁으면 질투', '치맛자락 잡으면 관심', '침을 삼키면 초조', '눈을 지그시 감으면 성공'. 뭐 경험자는 다 아는 일이니 이 정도로 하고.

근래에도 역사물에 동침 장면이 나오는데, 문밖에 놓은 두 켤레의 신발보다 못한 표현이 있었다. 어색한 키스 장면도 차라리 구두만 찍었으면.

---

* 「On The Waterfront」. 1954년 엘리아 카잔 감독이 만든 미국 영화.

◆◆◆

십 초와 일 미터

영화 구경을 좋아하지 않는 한 친구가 억지로 끌려왔다가 시작하자
마자 사자가 나오니까 이렇게 말하며 나가려고 했다.

"아, 저건 작년에 본 걸세."

그 친구가 본 것은 MGM*의 신호라고 타일러 겨우 다시 앉게 되었다.

그런데 금발의 여주인공이 목욕하려고 좁은 막 뒤에서 윗옷을 벗
고 또 아래옷을 한 장 벗는떨어뜨리는 장면에 혹해서 허리를 낮추어가
며 열성적 감상을 한 일이 있었다.

이런 일이 우리나라뿐 아니라 외국에서도 있었다고 한다.

---

* Metro-Goldwyn-Mayer's Inc. 영화와 텔레비전 프로그램을 제작하고 배급
  하는 미국의 대표적인 미디어 회사.

한 사람이 같은 영화를 2주일이나 계속 보았다기에 그 이유를 물었더니 이렇게 대답하더라는 것이다.

"예쁜 아가씨가 옷을 벗는 장면이 창밖으로 보이는데, 마지막 옷을 벗을 때 기차가 지나간단 말이야."

"그래서."

"혹시 오늘은 그 기차가 연착이 될까 해서……."

몇 년 전에 우리나라 관계관이 키스 장면이 10초가 넘으면 컷해야 한다고 말하여 떠들썩한 적이 있지만 어느 외국에서는 혼욕 장면에 남녀의 거리를 1미터 이상으로 정한 것이 또한 비심리학적이라고 공박을 받았다.

이에 반해 10초는 약간 심리학적이다. 시간이 길수록 맥박이 높이 뛰니 그렇다. 하지만 1미터는 성질이 다르다. 먼 데 있다고 문제가 해결되는 것이 아니라 그때의 시추에이션에 달렸다. 해수욕장 장면에서 군중을 일일이 떼어놓을 수 없는 것만 봐도 그렇다.

◆ ◆ ◆

남대문 글 잘 썼네

'기념記念'이든 '기념紀念'이든 한글로 '기념'이라고 쓰면 간단한 문제인데, 굳이 한자로 쓰려니 신경이 쓰이는 법이다. 말이나 글이나 쉽게 표현하여 상대에게 의사만 전달되면 되는 것을 아버지에게 편지를 쓰는데 "아버님 더운 날씨에 몸 편안하십니까?"라고 하면 될 것을 "부주전상서父主前上書 염서지절炎暑之節에 옥체안강玉體安康……"이라고 시작하면 힘들어 결국은 편지 안 쓰는 불효가 되고 만다.

어떤 무식꾼 한 사람이—옛날 무식꾼이란 한자나 한문을 모른다는 뜻—사랑채 양반들이 쓰는 말 중에 '춘부장'이 남의 아버지의 존댓말임을 알고 대단히 기뻐했던 차에 같은 무식꾼을 만났다.

"이 사람아, 요새 자네 춘부장 잘 있나?"

그가 처음으로 이 말을 활용해 인사를 건넸더니 을이 기뻐하기는 커녕 어떻게 곡해를 했는지 화를 벌컥 내며 말했다.

"예끼 이놈, 자네가 내 춘부장이야!"

어느 날은 이 두 사람이 남대문 구경을 하는데 갑이 말했다.

"그 남대문이란 글을 잘 썼다."

자못 감탄을 보내는 갑의 모습에 지지 않으려는 을이 대꾸했다.

"그래 그 가운데 대 자가 더 잘됐군."

그는 이렇게 말하면서 이마에 손을 얹었다고 한다.

못 본 분을 위해서 주석을 달면 거기에는 '숭례문崇禮門'이라 쓰였으니 '오십보백보'라는 말같이 수준은 좀 높아도 이와 비슷한 일은 요즘도 많지만 문자 읽기 강조 기간이 지났으니 별로 탓할 것도 못 된다.

◆ ◆ ◆

영화제 후감

아시아영화제*에서 우리나라가 너무 많이 상을 탄 감이 있지만 특별히 우대한 건 아닐 것이다.

이 작품들은 우리나라 사람들보다 외국 사람들에 의해서 높이 평가되었을 줄 안다. 우리가 다른 나라 영화의 흉내를 못 내듯이 영화란 이국적인 데 매력이 있는 듯하다.

해방 전 「나그네」**라는 영화가 일본 삼류관에서 상영된 적이 있었

---

* 1954년 일본의 제창으로 도쿄에서 발족했으며, 1962년 서울에서 개최된 제9회 영화제에서는 신상옥 감독이 만든 「사랑방 손님과 어머니」가 최우수작품상을 차지하는 등 한국영화가 각 부문상을 석권하여 해외 수출을 위한 발판을 마련했다.
** 1937년 이규환 감독이 만든 한국 영화로, 문예봉, 이응호, 고영란 등이 출연했다.

는데, 당시 도쿄에 유학 중이던 내게 어느 일본 여성이 그 영화를 보여달라는 것이었다. 이 영화에는 비참한 장면이 많아 나는 그들의 생활에 비하여 너무 작은 오막살이가 나올 때 부끄러워했다.

그러나 이 여성의 영화평은 상상외였다. 자기네들은 아무리 애써도 따라갈 수 없는 수준이라고 감탄했던 일이 생각난다. 특히 도끼로 사람을 치는 장면은 대륙적이고 박력이 있다는 것이었다.

그러고 보니 이번 아시아영화제 출품국 중에는 한국이 가장 대륙적 위치에 있는 셈이라 남방의 정열은 없어도 풍부한 감정은 지니고 있다.

영화는 남의 나라 것이 좋아 보이나 음악은 제 나라 것이 좋은 모양이다. 음악콩쿠르 같은 데서는 자기가 지도한 일이 있는 사람이 훨씬 나아 보여 점수를 잘 주려는 것도 이런 원칙이다. 사실은 제 나라의 케케묵은 예술이 최상의 것으로 보일 때는 발전 없는 마지막이다.

◆ ◆ ◆

냅킨을 쓴 사람

어떤 신사가 그릴*에서 어떤 착각에선지 프로그램을 보여달라기에 눈치 빠른 웨이터가 메뉴를 가져다주었는데, 한참 보다가 식사를 주문한다는 것이 맨 위의 '메뉴'를 가지고 오라 했다는 이야기는 약간 수정된 실화다.

어느 목사님이 외국에 처음 갔을 때 일류 호텔 식당에서 큰 실수를 한 적이 있다. 식탁에 앉은 그분이 다른 건 짐작이 가는데, 흰 천으로 만든 모자 같은 것냅킨의 용도를 알 수 없었다. 우선 방해가 되어 처치를 해야 할 판인데, 주위를 보니 보이들이 그걸 쓰고 있기에 이 목사

---

* grill. 호텔이나 클럽의 간이식당을 가리킨다.

도 그걸 머리 위에 썼다.

이때 주위에서 미묘한 웃음소리가 흘러나오므로 자기의 실수임을 느껴 진땀이 팍 솟는다. 사람들의 웃음소리는 점점 더하다.

'이게 분명 모자가 아닌 걸 내가 썼단 말이지.'

목사는 이대로 있다가는 내 개인의 창피도 크거니와 국가의 체면도 문제가 된다고 생각했다. 잠시 후 그는 자리에서 일어나 주위를 돌아보면서 냅킨 모자를 벗고 정중히 인사를 하였다. 사람들은 손뼉을 치면서 웃었지만 이번은 확실히 유머로 알고 웃는 것이었다.

30년 전이니 있을 만한 실수이지만 그 순간 목사의 기지는 범인凡人은 가질 수 없는 것이라고 할 수 있다. 그분은 그 일 때문에 그 호텔서 많은 외국 친구를 사귈 수 있었다니 전화위복이 된 셈이다.

◆◆◆

오른쪽에는 안 앉는다

영국 에드워드 7세*는 식사 예의가 엄중했다.

한번은 말더듬이 손자가 식탁에서 뭐라고 말을 하려다가 할아버지 눈총을 맞고 말문을 닫았다. 식사가 끝난 뒤 할아버지가 너무 지나쳤다고 생각이 되어 손자에게 말을 건넸다.

"아기야, 아까 너 무슨 말을 하려 했지?"

"이…… 이젠 괜…… 괜찮아요."

"그래 뭔데?"

"할아버지 이…… 입에 드…… 들어가는 빵에 버…… 벌레가……."

---

* Edward Ⅶ. 1841~1910. 자유로운 기질로 외교에 능통한 왕이었던 그는 자타 공인 미식가로 파리의 유명 레스토랑을 자주 드나들었다고 한다.

이건 할 말은 해야 한다는 이야기지만 내 생각으로는 음식 앞에선 말을 삼가기를 바라는 바다. 내 심경이 이렇게 된 동기는 매우 과학적이다.

오래전에 모 교장의 회갑연에 간 일이 있는데, 음식 앞에서 대표자의 축사가 있었다. 불행히도 내가 그분의 맞은편에 앉고, 더욱 불행히도 석양의 광선이 문구멍으로 내 앞을 비추게 되어 그 연사의 침방울이 역력히 보여 긴 축사 동안에 결심한 것이다.

내가 다른 사람에게 말을 안 했지만 먹는 모임에 가면 W 씨의 오른쪽 옆에는 절대로 앉지 않는다. 그 이유는 그 친구의 오른쪽 이가 하나 빠져 있기 때문이다.

그럼 술잔은 왜 돌리느냐고요?

술은 소독제다. 기분도 음식에 한해서는 소독과 소화가 된다는 정신위생학도 있으니 말이다. 같은 포크를 쓰는 사람들이 젓가락을 같이 쓰는 것을 잇솔*로 비꼬았지만 마음만 맞으면 잇솔을 같이 써도 탈 없다는 것이 나의 학설이다.

---

* 이를 닦는 데 쓰는 솔을 '잇솔' 또는 '칫솔'이라 했는데, 고유한 우리말인 '잇솔'보다 한자어로 된 '칫솔'이 더 널리 쓰이면서 지금은 '칫솔'이 표준어가 되었다.

◆◆◆

국 마시는 리듬

식탁의 에티켓이란 다 원인이 있어 생긴 줄로 알고 있다. 어느 명사의 환영회에서 칵테일파티가 뭔지도 모르고 서서 먹는다면 큰 실례로 아는 때니 좁으나 빽빽하게 앉아 있었다.

주빈이 나타나질 않아 저마다 '장長' 자들은 붙었으나 벌 받는 학생같이 정연하게 기다리는 무리 속에 나도 끼어 있었다. 약속이 아니라 허가된 저녁 파티가 꼭 한 시간이 지나자 드디어 시작됐다. 모두 출출하여 배에서 소리가 날 지경이니 말馬이 들어왔어도 잡아먹을 심경이었는데, 주빈이 에티켓을 알아 말 한마디 없이 수프를 청했다.

먼저 먹어도 괜찮은 것이 수프인데, 마라톤 출발처럼 70그릇이 동시에 시작이 되었다. 나는 문득 굶주린 신사들을 관찰할 잡념이 용케

124

나서 눈을 감았다.

"따닥 훌 떨거덕 훌."

이 같은 스테레오 소리만 듣고는 양돈가養豚家도 기절을 할 판이었다. 혼자 침을 삼키면서 발견한 것이 '식탁무음지례'*의 원리였다.

내 친구 중에도 국을 일부러 소리를 내며 마시는 사람이 있어 한 소리 했다.

"자네, 그 국 마시는 소리가 참 리드미컬하여 매력적이야."

그 친구 알아챘는지 어쩐지 이렇게 대답한 게 생각난다.

"한결 맛이 나아."

반면 식탁 에티켓도 많이 진보되어 요즘 나이프로 고기를 잘라 놓고 포크로 한 손으로 집어 먹어도 탓하는 사람이 별로 없다. 한국 사람 앞에서는 미국 사람이 먼저 이렇게 하니 이건 원인 요소가 음악이 아니고 회화인가 보다.

* 食卓無音之禮. 식사 자리에서 소리를 내지 않는 예절.

생각이 보배다

금수현

♦♦♦

복권의 원리

복권으로 거액을 쥔 사람들의 기사를 보면 넉넉지 못한 사람의 경우가 많아 더욱 축하해주고 싶은 심정이 들고, 그들의 담화 속에 그 돈을 장사 밑천 등으로 잘 쓰겠다는 대목이 있으니 얼마간 공(公)을 위해 쓰겠다는 말에 비하면 솔직한 편이다.

이런 점으로 미루어봐서 복권이란 여유 없는 사람과 좋은 꿈 꾼 사람들이 훨씬 많이 사는 듯하다. 그것도 대기업의 투자로 알면서 말이다.

곰곰 생각하면 1백만 환의 기쁨이란 9천9백하고 아흔아홉 번의 '섭섭'의 뭉치다.

옛날에 복권 비슷한 것을 뽑아 당첨된 바람에 너무 기뻐 전차를 구름으로 봤는지 죽도록 받아버린 사나이가 있었는가 하면, 다른 곳에서는 큰돈을 들고 애처로운 마누라를 한시바삐 빈곤에서 해방시키려 달려갔더니 눈도 깜빡 않는 부인이 이렇게 애원하더라는 것이다.

"여보, 제발 그 돈을 도로 돌려주시오."

처음에는 농으로 알았으나 할 수 없이 돌려준 결과 10년 후에 부자 대신 벼슬자리를 얻게 되었다는 이야기도 있다.

복권 사기란 가벼운 오락으로 여겨야 한다. 용꿈 꾼 사람도 뒤에 서면 못 사게끔 여기도 재벌의 매점買占, 사재기이 있다니 말이다.

긴 시간 섰다가도 못 산 뒷사람은 작은 '섭섭', 그 대신 안 맞으면 많이 산 사람일수록 큰 '섭섭'. 섭섭의 연발에 낙망할 뿐이다.

◆ ◆ ◆

돈키호테냐 금비행사냐

한 한국 여성이 비행기를 샀다는 뉴스를 G라는 내 친구가 듣고 기뻐하고 있는지 초조하게 여기는지 궁금하다. 그 친구는 언덕 위에 집을 가지고 있는데, 수년 전 내가 그 집에 갔을 때 이런 말을 한 적이 있다.

"자동차가 들어오지 않아 불편하겠군. 그런데 저 뜰에 집을 짓든지, 왜 꽃이라도 심지 않나?"

그 친구 대답이 이러했다.

"얼마 후에 비행장이 될 걸세."

자동차도 없는 친구가 자가용 비행기를 꿈꾸는 것이라든지, 불과 백 평의 뜰을 비행장으로 쓰겠다는 게 약간 돌지 않았나 하고 생각하게 되었다.

그러나 미스 김이 비행기를 사겠다고 생각할 땐 이 G보다 더 깊이 잠든 꿈이었을지도 모른다는 것이 이제 느껴진다.

러시아 출신 세계 최고 베이스였던 샬랴핀*은 굉장한 이상주의자였다. 그는 파리에서는 하룻밤 무대에서 만 불을 받고, 도쿄에서는 독창회를 하면서도 30분 방송에 일화 오천 엔으로는 적다고 만 엔을 고집하여 방송을 거부하면서 번 돈으로 크리미아반도**에 큰 성을 짓기 시작했던 것이다.

친구들이 그렇게 큰 성을 왜 짓느냐고 충고하니 이렇게 반문했다는 것이다.

"역대의 왕은 성을 지었으나 지금 어떤 것은 그 왕의 이름도 모른다. 내가 그보다 못하단 말인가?"

'대 베이스'는 결국 그 자가용 성의 완성을 못 보고 65세를 일기로 객사했던 것이니 그가 「돈키호테」에서 명연기를 보여준 것도 이 때문인지 모른다. G여, 그대의 이상도 돈키호테가 아니고 '금비행사金飛行士'같이 되기를.

---

* Feodor Ivanovich Chaliapin, 1873~1938. 러시아의 오페라가수로, 풍부한 성량, 아름다운 음성, 독특한 창법, 그리고 뛰어난 연기력 등으로 오페라에 새 생명을 불어넣어 '노래하는 배우'라는 평을 받았다.
** 우크라이나의 남쪽 흑해로 돌출해 있는 반도로, '크림반도'라고도 부른다.

◆◆◆

차장 이 양의 죽음

뻐꾸기의 울음을 우리는 '뻐꾹'으로 듣는데, 일본 사람은 '칵코'로, 서양 사람은 '쿠쿠'로 듣는 것은 새의 발음이 분명하지 않다는 것을 의미한다.

여기에 비하면 사람들의 말은 분명한 것인데, 이것도 날이 갈수록 발음이 흐려진다. '리틀'이 '리를'이 되고, '바그네르'가 '바그너'로 변하니 새들의 말이 사람의 말보다 훨씬 진화된 것인지 모른다.

버스나 합승의 차장들의 발음이 '스톱'을 '스롭'으로, '올라잇'을 '오라아'로 하게 된 건 옛말. 요즘은 '스오오', '오아아'로 통하니 굉장히 진화된 셈이다.

한국말 중에서도 '종로, 동대문, 신설동, 청량리, 회기동'을 '종오, 동대우, 신설동, 청량, 회기도' 정도로 굴려서 낸다. 이것을 하루에도 수천 번 외쳐야 하니 동대문이 지나도 '종오, 동대우'부터 시작하는 때도 있다.

나는 그러한 차장의 외침을 들을 때마다 둔한 놈이라 생각되기는 커녕 마음 아픔을 느낀다. 하루의 삶을 위하여 사람에게 떠밀리는 몸도 몸이거니와 종일 '뻐꾹!'을 불러야 하는 뻐꾸기의 목과 입의 피곤함을 동정해서다.

그것도 부족한지 얄궂은 승객은 차장에게 도전하여 더욱 마음을 울린다. 지칠 대로 지쳐 발음조차 흐리게 하여 다소라도 피로를 줄이려는 어린 생활 투사, 그중 한 사람 14세의 어린 이 양이 합승에서 떨어져 죽었다니 참으로 가슴이 멘다.

♦♦♦

백전백승 비결

독자들의 요청이 많다기에 아이디어 이야기를 되풀이할까 한다.

아이디어도 여러 가지 목적이 있어 남에게 이기기 위한 것, 출세하기 위한 것, 돈 벌기 위한 것, 사랑을 전취戰取하기 위한 것 등 가지가지겠지만 공통된 원리는 남이 생각 못 해내는 걸 생각하는 것이 곧 아이디어다. 또 이것을 똑바로 가르쳐주는 사람이 없으니 여기의 아이디어도 전적으로 믿지 말기를 특히 부탁한다.

나는 젊었을 때 핑퐁 선수였는데, 시합에서 이겨본 일은 없지만 이기는 아이디어는 가지고 있다.

축구 선수들이 모처럼 슛한 공이 골에 들어가지 않고 골대 밖으로 빠지는 건 단순한 연습 부족은 아니고 연습 방법이 나쁘기 때문이다.

다음과 같은 방법을 채택하면 이 문제는 해결된다는 것이 나의 아이디어다.

큰 벽에다가 골대 크기의 그림을 그려놓고 그 안에 장기판 모양으로 칸을 긋고 번호를 적는다. 선수는 사격수 모양으로 그 번호를 향하여 공을 찬다. 몇 달만 하면 맞추고 싶은 번호는 마음대로 맞추게 된다. 다음에는 차는 지점을 옮기거나 키퍼를 세워놓고 연습한다.

발도 훈련이 되면 손만큼 예민하니 시합에 나가면 백전백승일 것이다.

뭐, 엉터리라고요? 천만에. 미국 프로농구단의 신기를 못 보셨군요?

◆◆◆

남의 힘으로 이긴다

미국 프로농구단의 테크닉을 보면 일종의 속임수와 기지를 최대한 적용하고 있다.

공을 보내는 선은 일반 선수들이 사용하지 않는 다리 사이를 많이 택하며, 빈손으로 공을 던지는 체하고는 실제는 다른 곳으로 보내고, 공을 하프라인 근처로 보내 상대방을 분산시키고는 롱패스로 넣어버린다. 그 기술은 한 사람이 공을 가지고 있으려면 얼마든지 가지고 있을 정도다. 이러한 기교는 다 특수한 연습법에 의한 것이니 우리나라 운동 코치들도 새로운 아이디어를 포착해야 될 줄 안다.

배구나 정구나 속임수를 잘 쓰는 사람이 유리한데, 갑이라는 씨름꾼은 힘도 별로 없으면서 곧잘 동네 씨름판에서 우승을 한다.

"자네는 어떻게 그 큰 사나이를 넘어뜨리는가?"

그의 대답이 의미심장하다.

"씨름이란 내 힘으로 하는 게 아니라 남의 힘으로 하는 것이니 힘센 놈일수록 내게 유리합니다. 더구나 내가 이렇게 약하니 상대가 안심한단 말이죠."

미야모토宮本라는 일본 무사가 칼 둘을 쓴 것은 한 자루를 속임수에 쓰려는 것이다. 그는 어느 때 말 모는 아이가 고삐로써 날아가는 나비를 탁 쳐서 잡는 것을 봤다. 줄을 양손에 잡고 한 손의 줄로 치니 안 맞은 나비가 안심하면 다른 손 줄로 탁 치는 것이다. 미야모토의 코치는 그 어린 마부였으니 운동 기술 연습도 어릴 때부터 시키는 게 좋다.

◆ ◆ ◆

쭈그러진 것이 가치가 있다

언젠가 지방의 모 공업고등학교를 방문한 일이 있는데, 그 학교는 운크라* 원조로 방대한 공장 시설을 갖추고 있었다. 교장은 어마어마한 시설을 자랑삼아 보여주며 설명하는 것이다.

"내가 알고 싶은 것은 이 시설로써 만들어지는 것이 뭐냐는 것입니다."

내 질문에 교장은 놋쇠로 만든 둥근 재떨이를 보여주었다. 그것은 종로 4가 놋그릇점에 가면 많이 있는 것이었다.

---

* UNKRA(United Nations Korean Reconstruction Agency). 국제연합 한국 재건단. 6·25전쟁 발발 후 한국에 대한 구호와 재건을 목표로 창설된 유엔 산하 기구로, 1958년 사업 종료로 해체되었다.

교장은 서랍을 뽑다가 얼른 한 개는 감추어버린다.

"그 감춘 것 좀 보여주시오."

"아니, 이건 실패작이니까요."

그것은 쭈그러진 재떨이었다.

"그것 묘한데 이렇게 늘 실패를 하려면 할 수 있는 겁니까?"

교장은 착각을 일으켰는지 학생들이 이제 익숙해져서 이런 일은 없다고 극구 부인한다.

내가 말하고 싶었던 것은 그 쭈그러진 재떨이의 디자인이다. 그렇게 무작정으로 생긴 꼴이면 현대적 상품 가치가 충분하다. 더구나 그 쭈그러진 모양이 저마다 다르다면 훨씬 값이 나갈 것이며, 대량으로 수출할 수 있을 것이다.

"엉터리가 아닙니다."

내 아는 사람은 바가지에 세 발을 달고 페인트를 칠해서 '편지 담개', '과일 담개'를 만들어 외국인을 상대로 약 1만 개를 판 적이 있다는데, 그중에서도 잘못해서 쭈그러진 것이 먼저 팔렸다는 사실이 있으니 말이다. 혹시 다방에서 비틀어진 접시를 못 보셨나요?

◆ ◆ ◆

고가에 사겠소

기차 속에서 앞에 앉은 사람과 심심풀이로 이야기가 오갔다. 이럴 때는 상대방의 직업을 묻기도 실례 같아서 얼마 동안의 이야기에서 그 직업을 맞히는 것도 재미있다.

"특수한 일을 하시는군요."

내가 이렇게 말하니 마치 자기 직업을 이미 말한 것으로 알고 가방을 꺼내며 대답했다.

"한번 보여드리겠습니다."

우표첩이었다. 그는 우표 수집가였는데 그것으로 연간 2만 달러의 외화획득을 한다는 것이다.

"군에 있을 때 미국 군인이 우표를 사달라기에 나는 1년 이상 심부름을 하는 동안에 우표 수집이 어떤 것이며 또 이것이 돈이 된다는 것을 알게 되었지요."

우표라는 것은 그것의 숫자가 적을수록 값이 나가는 법이며, 같은 우표라도 종이에 무늬가 있는 것은 더하다는 것이다. 해방 직후의 20 원짜리 우표를 보이며 1천 원이 넘는다고 했다.

그분의 말에서 우표만은 계급이 없는 것, 영국이든 한국이든 숫자만 적으면 값이 나가는 것을 알았다.

우표의 '오자 소동'도 다시 안 나온다는 데서 가치가 있다니 알다가도 모를 일이다. 이건 좋지 못한 아이디어겠지만 '위조 우표'가 나왔다면 그 값은 얼마나 나갈까? 한가한 사람은 시골로 다니며 우표 수집을 하면 굶지는 않을 듯한데, 비단 우표뿐 아니라 '신문 제호', '편지', '명함', '청첩장', '낡은 수첩' 등의 철綴을 다 고가로 사겠소.

◆◆◆

말도 저작권이다

아이디어란 모방은 금물인데도 처음에는 모방으로부터 시작한다. 일본의 발전은 모방에서 시작된 것이다. 우리나라도 요즘 국제저작권 협회 미가입을 기회로 외국 레코드를 막 찍어내는 아이디어 유치원 신세가 되었다. '새나라'* 차를 욕하는 '시발'** 운전사도 있지만 창작 은 모방부터니까 제작은 조립부터를 적용한 것이라니 오해 풀기를.

한국은 현재 모방 전성시대를 이루어 영화 줄거리의 표절, 개구리 가 반대로 보는 가짜 진로***, 남의 그림 자수刺繡에 이어 드디어는 위

---

* 1962년 8월에 설립된 자동차 회사로서 닛산의 블루버드 P301형을 부품 수입 방식으로 생산해 '새나라 자동차'라는 이름으로 1962년 11월부터 1963년 5월 까지 2700여 대를 조립 판매했다.

조지폐까지 등장했다.

그런가 하면 특허법을 남용해 고무 실을 발명했다 하여 양말에 고무 실 넣는 것도 독점하는가 하면, 비슷하지만 같지는 않은 '베벨락'을 '빌락'이 고발하는 사태도 있는 판이다.

문제는 모방 전사轉寫도 좋으나 주인에게 양해를 얻는 것이다. 동업을 서로 살리는 것은 법을 안 봐도 짐작이 되는 법이다.

한 아이가 아이스케이크를 자꾸 먹으려 할 때 엄마가 말했다.

"그만 먹어. 이 이상 먹으면 배탈 난다."

그랬더니 아이가 되받았다.

"엄마 난 오늘부터 배탈을 내고 싶어."

곁에 앉았던 모 작가, 그 말을 팔아달라고 요청. 결국 캐러멜 몇 갑으로 그 아이디어를 사서 작품 속에 인용했다는 이야기가 있다.

우리 저작권법에도 "생각이나 말도 저작권으로 간주한다"라고 하니 작가여, 공장주여, 조심할지어다.

** 1955년 한국에서 최초로 생산한 자동차로, '첫 출발'이라는 뜻의 한자어 '시발(始發)'을 사용했으며, 영업용 택시로 인기가 많았기 때문에 '시발택시'로 더 많이 불리게 되었다.
*** 眞露. 1924년부터 생산되어 많은 국민들의 사랑을 받은 소주 브랜드.

◆ ◆ ◆

댁에 누가 돌아가셨지요?

사람을 잘 사귀려면 자기 자랑은 꾹 참고 상대방의 이야기를 들으면 된다. 우선 그 사람의 성부터—이름은 귀찮으니—먼저 외도록 하라.

요즘은 인사라는 게 형식적이 되어 상대방으로부터 "예, 저는 유민수입니다"라는 인사를 받으면 다시 묻기 미안하니 나중에라도 곁의 사람에게 '유민수'를 확인해둔다. 그것만으로는 잊기 쉬우니 그 사람 소같이 뚱뚱하다든지 빼빼 말라 소꼬리같이 생겼다든지 입체적으로 기억해둔다.

다음에 만났을 때는 이렇게 인사하면 된다.

"유 선생님, 안녕하십니까?"

이러면 안될 일도 잘된다. 만일 잊었을 때는 다른 방법을 써라.

이탈리아의 작곡가 로시니*는 영국에 갔을 때 「홈 스위트 홈」의 작곡으로 영국에서는 유명하던 비숍**을 두 번째 만났는데, 깜빡 이름을 잊었던 일이 있다.

"로시니 씨, 안녕하십니까?"

"…… 안녕하십니까? 저……."

그는 휘파람으로 「홈 스위트 홈」을 불었다.

"이 곡 영원한 멜로디입니다."

로시니는 이름을 불러준 것 못지않게 비숍을 기쁘게 했다고 한다.

"아드님 학교에 잘 다니십니까?"

이런 인사도 적당한 표현이다. 단, 아들이 없으면 이중의 실례다.

"여기 머리카락이."

"소매 단추가 한 개 망가졌습니다."

"앞의 단추가……."

"손에 잉크가……."

이런 말은 친절한 것 같으면서도 실패작이다.

특히 문상을 가서 이렇게 말한다면 낭패다.

"댁에 누가 돌아가셨지요?"

---

* Giacchino Antonio Rossini. 1792~1868. 오페라 역사상 가장 뛰어난 작곡가로, 39편의 오페라, 종교음악, 실내악, 가곡, 기악곡 등을 남겼다.
** Henry Rowley Bishop. 1786~1855. 지휘자로 이름을 떨쳤으며 그가 작곡한 「홈 스위트 홈」은 우리나라에서도 「즐거운 나의 집」으로 번역되어 널리 불리었다.

그저 기억력이 없거든 이런 평범한 인사가 무난하다.

"안색이 좋아지셨습니다."

◆ ◆ ◆

유식하게 보이는 비결

당신이 유식하게 보이려면 약간 노력이 필요하다. 우선 백과사전을 그것도 동대문 시장에 가서 7할로 사라(작은 것이 더 편리하다). 그리고 내일 만날 사람의 이름과 직업을 적어두라.

만일 교장이라면 '지역사회'란 말을 공부해두라. 같은 교육자라도 심리학 교수라면 'IQ'라는 말을 공부해두는 게 좋다.

다음 날 무역상을 만났을 때는 이렇게 말하면 된다.

"보세가공무역의 전망이 어떻습니까?"

"……"

"나는 현 단계에는 어느 정도 '푸시(발음을 정확히)'하는 것이 옳을 것 같아요."

장교를 만나거든 무슨 이야기 끝에 이 정도로 하면 된다.

"손자병법이 현대전에도 이용될 것 같더군요."

우연히 그 교장과 장교가 만나 당신 평을 할 때 이런 말이 나오면 대성공이다.

"그 사람 학교는 보통학교 4학년밖에 안 나왔지만 박식하단 말이야."

사전을 미처 못 봤을 때는 어떻게 하느냐고요?

그럴 때는 고개를 끄덕끄덕하며 듣고만 있으면 된다.

문자에 대해서는 수첩을 보고 틀리기 쉬운 한자말을 간혹 삽입하라.

"그 사람은 너무 과시하는 것이 흠이라."

"그것이 아직 반포되지 않았소."

"그들을 사주하여 고답적으로 힐난하여……."

이렇게 말이다.

"그게 사촉이 아니오?"

이건 걸려든 거다.

그럴 때는 이렇게 대답한다.

"사촉이나 마찬가지요. 그때는……."

하면서 이렇게 '사촉'*이라고 써 보이면 유식 백 프로다.

---

* 唆囑. 남을 부추겨 좋지 않은 일을 시킨다는 말로 사주(使嗾)와 같은 뜻이다.

♦♦♦

취직하는 비결

오늘날 취직하고 있는 사람보다 취직하려는 사람의 수가 훨씬 많다.

그건 한 사람이 여러 사람에게 부탁을 하니 그렇게 보이는 것이다.

이러한 경쟁 속에서 취직을 가장 빨리하는 길은 취직을 단념하는 길이

다. 그 순간에 큰 사업을 꿈꾸는 기획부장으로 취직이 된 셈이니까. 이

걸 믿지 못하는 사람들 때문에 견습공 입사 방법을 말해야 하겠구나.

우선 사장을 만나는 방법이 문제다. 바둑을 좋아하는 사장이면 기

원으로, 낚시질이면 강가로, 영화면 영화관 입구로 가야 한다. 결코 사

무실이나 집에는 가지 마라. 집에 갈 도리밖에 없다면 부재중을 노려라.

그리고 반드시 이력서(사진을 붙인)를 놓고 오라. 이력서에는 현주

소를 분명히 써야 하며 봉투는 색다른 것이 좋다. 요행히 만났을 때

는 애걸은 하지 말고 한 가지만 특징을 보여라.

금속 회사 사장 같으면 바늘을 주워서 이렇게 말한다.

"아까운 바늘이……."

'라빗'이라는 은행가는 바늘을 주워서 은행장이 되었으니 말이다.

교장이라면 들고 간 참고서를 두고 온다. 무슨 방법으로든지 다시 만날 숙제를 마련하라. 그리고 중요한 것은 관방장官房長이나 왕자에게 자기 연락처를 암시해두라.

그러고 나서 오래 기다리라.

사장의 입장에서 본다면 사람이 필요할 때는 찾아온 사람들이 기억 안 나고, 필요 없을 때는 귀찮게 찾아오는 것이 구직자니 말이지.

◆◆◆

장로님 말씀이 옳습니다

후한의 사마휘*는 말 없기로 이름이 났다. 뭐든지 '잘됐소'다. 한번은 이웃 사람이 와서 아침에 아들이 죽었다고 슬퍼하는데 이때도 '잘됐소' 였다. 화가 치민 이웃 사람을 보다 못해 부인이 남편에게 따져 물었다.

"여보, 남의 비보에 그게 무슨 말이오?"

그랬더니 남편이 이번에는 다른 말로 대답했다.

"당신 말이 옳소."

이런 실수도 간혹 있겠지만 남의 말은 대체로 "잘됐소", "옳소"라고 해두는 것이 통계적으로 무난할는지 모른다.

---

* 司馬徽. ?~208. 인재를 발굴하는 능력이 탁월했던 학자.

이 땅에 선교가 시작될 때 외국 목사가 장로들의 의견 잔소리에 어찌할 줄 몰랐다. 그래서 그 목사님 연구 끝에 작정한 말이 이것이었다.

"장로님 말씀이 옳습니다."

한참 열을 올리던 장로님이 이 말을 들으면 체증이 내려간 듯했다. 말인즉 그 목사 실제 일은 다 제 생각대로 했다는 이야기다.

속담에도 이런 게 있다.

"길갓집 짓기 힘들다."

"사공이 많아 배가 산으로 올라간다."

혁명 후에 고쳐진 것 중에 하나가 이 말 많은 것이 줄어든 게 아닐까. 옛날에는 무슨 공사 하나 하는데도 참으로 말썽이 많았다. 하느니 마느니부터 시작해서 어떻게 하느니 누가 하느니 먹었으니 안 먹었느니 그러는 동안에 기초공사가 홍수에 떠내려가는 판이었다. 요즘은 대충 그저 말없이 일하는 것이 일반 국민의 심리인 것 같다.

"말 없는 그 사나이가 나는 좋아."

이 노래가 유행하는 것도 그런 까닭이 아닐까?

신문 기사도 조그만 일을 가지고 부스럼을 일으킨 과거와는 확실히 다르다. 무슨 제한이 아니라 사실 그렇다. 이런 전통을 우리가 지니는 자랑보다 자라나는 아이들에게 넘겨줄 수 있다는 것만 생각해도 기쁜 일의 하나다.

◆ ◆ ◆

선생이라는 지독한 욕

해방 후 오늘까지 해결 못 한 것이 하나 있다면 이름 밑에 붙이는 말의 제정이다.

'미스터'니 '상'을 대신하는 말. '안 씨'는 글로 쓰면 윗사람께는 이상하고, '정 군'은 아랫사람에게나 어울린다. '서 님'은 어울리지 않고, '최 서방'도 손아래에만 쓴다. '유 공' 이건 삼국사기풍이며, '민 영감' 이건 목수 영감에게 하는 말 같다. 그래서 동료에게까지 '최 선생'이다.

배워 보지도 못 한 '선생'인데, 부인까지 '사모님'이 되니 묘안이 없을까?

여기에 비하면 인사말은 만날 때도 '안녕'이고, 헤어질 때도 '안녕'이다. 단, '슬픔이여 안녕'은 만날 때만.

'영감', '씨', '선생'이 다 얼마나 좋은 말인가. 그러나 자꾸 쓰면 달라진다.

"저 선생 하는 짓이."

이 말을 일본말로 하면 '저자' 정도로 들린다.

'선생'이 최대의 존댓말인 옛날, 한 길손이 바쁜 일로 나룻배를 탔다. 배가 떠나자마자 한 점잖은 다른 길손이 바쁘게 오더니 이렇게 말했다.

"여보, 뱃사공! 아니 선장……."

그래도 배를 돌릴 것 같지 않자 재차 사정했다.

"배를 좀 돌려주시오. 선장 선생!"

뱃사공이 평생 못 듣던 존댓말 같아서 배를 돌리려 했을 때, 배에 탄 길손이 혼잣말을 했다.

"그 사람, 지독한 욕을 하는군. 선장 선생이라니."

이 중얼거림을 엿들은 사공이 다시 배를 돌렸다나.

◆ ◆ ◆

인간의 가치

　해방 후 "염소 몬다"라는 말이 유행했는데, 처음 듣는 사람은 이 말이 도둑질이라는 건 상상조차 못 했던 것이다.

　"군 보급창 옆에는 유난히 풀이 많아 염소를 몰고 풀 먹이러 가는 것이지."

　"그래도 도둑과 무슨 상관인가?"

　"바꾸어 말하자면 어느 외국 파수병이 보스락보스락 소리가 나서 가까이 가보니 자동차 타이어가 혼자서 간단 말이야. 타이어에 신이 붙은 줄 알고 타이어를 보고 쐈거든."

　"그게 무슨 도깨비 이야기지?"

　"그 타이어에 줄 고리를 건 게 아침에 염소 몰고 온 자란 말이야."

이쯤 되면 도둑 구별이 안 되는 것도 무리 없는 이야기다.

요즘 소매치기는 신사 복장을 하고 향수마취제까지 가지고 다니는 판이니…….

남을 탓하기 전에 국민 자신의 품위를 올리자는 것이 솔직한 심정이다.

어떤 여성이 시장에서 소매치기를 당해 수상한 사람을 지적했다가 도리어 혼이 난 실정을 정의의 청년들이여 어떻게 보는가? 만약 그가 당신의 애인이라면.

친애하는 벨라폰테*가 남부에서 노래를 부르다가 KKK단**에게 돌팔매를 맞아도 피를 흘리며 노래를 계속했다.

그 뒤 카네기홀에서 수많은 군중을 도취시켰을 때, 그 자리에는 KKK단의 부인도 섞여 있었으리라. 인간의 가치란 자기 자신의 노력에 의해 올라가는 법이다.

---

* Harry George Belafonte. 1927~. 미국의 흑인 포크 가수로, 서인도제도나 흑인의 민요와 세계 여러 곳의 포크송을 레퍼토리로 하고, 거기에 파퓰러음악의 감각을 재치 있게 도입한 모던 포크송의 일인자다.

** Ku Klux Klan. 미국의 비합법적 백인우월주의 비밀결사 단체.

◆◆◆

자신이 구직할 때를 회상

　사람이란 혼자서 어떤 사업이나 사무를 운영할 수는 없으니 곧 보조자가 필요하다. 그러나 이 보조자를 찾는 방법이 참으로 어렵다. 요즘 관청에서는 공고를 하여 시험을 치르게 한다.

　어떤 조그마한 회사에서도 사무원 세 명을 모집한다고 광고를 내었더니 369명이나 몰려들어 수습을 못 하고 달아났다는 이야기도 있다.

　이와 같이 운집하는 심리를 이용하여 회사 선전을 하는 사람도 있다. 선전이야 어디 그뿐이랴. 마크 도안 현상 모집, 회사명이나 영화 제목 현상 모집 등도 있다. 무슨 방법이든 간에 상관은 없지만 실업자를 헛수고시키는 일은 삼갈지어다.

　좋은 사람을 구하려는 사람은 구직하는 청년이나 추천받는 청년의 이름과 주소를 정성껏 메모를 해둘 뿐 아니라 그 인물평까지 첨가해 두면 사람이 필요할 때 찾을 수 있다.

요즘 기업주의 대부분은 구직자에게 덮어놓고 거절하는 버릇이 있는데, 그건 청년들께 절망을 줄 뿐 아니라 자신의 사업이 조금도 진보하지 않는 것을 뜻한다.

그러나 참으로 시원치 않은 놈팡이 같은 구직자에게는 딱 잘라 말함이 오히려 친절이다.

그것도 통하지 않거든 이렇게 한다.

"이력서를 써서 우편으로 보내보라."

그런 사람일수록 직접 들고 올 테니 그때는 이렇게 말한다.

"횡서*로 써서 꼭 우송을 하라."

그래도 안 되면 또 다른 숙제를 내준다.

"호적초본도 우송하게."

그러면 제풀에 지쳐서 포기할 것이다.

---

* 橫書. 글씨를 가로로 쓰는 일.

16세기식 통화개혁

통화개혁*의 중요 목적의 하나는 숨어서 나오지 않는 돈을 끌어내는 데도 있다고 하면 틀린 판단일까?

부정이라는 말을 빼더라도 축재자 중에는 돈을 둘 곳이 마땅찮아 사과 궤짝에 넣어 지하실에 버려두니 도둑도 모를 지경이다. 돈도 없는 한 수학가가 사과 궤짝에 들어가는 액수를 계산했더니 3천만 환이라는 학설?

통화개혁이 그리 쉬운 것도 아닌거니와 마찬가지로 숨은 돈을 꺼내

---

* 우리나라에서는 1953년 2월과 1962년 6월 두 차례에 걸쳐 통화개혁을 단행했다. 제1차 통화개혁 때는 신구 화폐의 환가 비율이 100:1이었으나, 제2차 통화개혁 때는 10:1이었다. 화폐 단위는 제1차 통화개혁 때 원(圓)에서 환(圜)으로, 제2차 통화개혁 때 환에서 원으로 개칭되었다.

는 방법이란 옛날에는 생각조차 못 했을 무렵, 프랑스의 프랑수아 1세*가 묘한 방법을 쓴 이야기를 전하고 싶다.

수상 뒤프라가 상당한 부정 축재를 한 것을 안 왕은 수상을 불러 로마교황이 급사했다고 말했다.

"폐하, 그러면 그 뒷자리는 폐하의 심중의 인물이 앉아야 하지 않겠나이까?"

"그렇다. 그 의중의 인물이라는 게 그대란 말이겠지. 아는 바와 같이 로마교황이 되는 데는 선거를 겪어야 한다. 그 투표자들께 그냥 있을 수야 있나. 그러나 내게는 그럴 만한 돈이 없어."

그러자 당장 금화 두 상자가 들어왔다.

그 뒤 교황이 건재함을 안 뒤프라는 왕에게 달려와 돈을 돌려달라고 애원했다.

이때 프랑수아 1세는 시치미를 떼며 이렇게 말했다.

"그건 안됐군. 로마 대사에게 오보를 견책해야지. 그러나 조금만 더 기다리게. 사람이란 언젠가는 죽는 법이니."

---

* François I. 1494~1547. 대외적으로는 이탈리아 정복을 두고 당시 최대의 영토를 자랑하던 신성로마제국 황제 카를 5세와 경쟁 구도를 이루었고, 대내적으로는 르네상스 예술과 인문주의 문화를 확산시켜 프랑스 르네상스의 아버지로 일컬어진다.

◆◆◆

입은 춤추지 마라

오래간만에 무용 구경할 기회가 있었는데 그것은 흑인들의 춤이었다. 단장 격인 '에일리'는 다른 단원에 비하여 작고 가슴이 벌어져 춤추는 체구로서는 부족한 것같이 보였으나 그의 춤은 온몸의 근육까지 약동하고 신음하는 듯하여 깊은 감명을 주었다. 이들의 공통된 점은 어디까지나 몸으로써 춘다는 점이다.

어떤 무용을 보면 얼굴의 표정을 강조하는 사람이 많다. 눈알을 돌리는가 하면 부자연한 미소를 띠고 나중에는 입까지 춤을 추는 것이니 '덩컨'*의 얼굴 표정을 잘못 안 모양이다.

---

* Angela Isadora Duncan. 1877~1927. '자유 무용'을 창시하여 현대 무용의 어머니로 불리는 미국의 전설적인 무용가.

얼굴은 보름달이요, 엉덩이는 통이요, 다리는 무같이 생긴 무용가가 얼굴 표정으로 한몫 보려는 찰나에는 진정 웃음이 나올 지경이다.

연구소를 가진 무용가들에게 청하고픈 일은 수업료만을 생각할 것이 아니라 체격에서 무용가가 될 수 없는 사람은 체육지도자라면 모르되 무용가로는 꿈꾸게 하지 않음이 좋을 듯하다. 이야기가 빗나갔지만 예술이라는 것도 어떤 집중될 수 있는 정신적 목표가 있어야 한다. 흑인의 경우는 '흑인의 고민'이 나타날 때 감명을 주는 것이니 '흑인영가'도 이러한 의미에서 이국인의 가슴을 찌른다.

우리의 예술에도 공감할 수 있는 포인트를 가져야 할 것이거늘 이 공감이란 정치에서도 필요하다.

◆ ◆ ◆

외상이란 말을 안 해서

B형무소에서 G군에 사는 사돈과 H군에 사는 사돈끼리 만났다. 얼굴을 맞대기가 민망하나 감방에서는 거짓말을 못 하는 법이니 대화를 나눌 수밖에.

"사돈, 어째서 여기까지 오셨소?"

"뭐, 별일도 아니오. 난 아침이면 들로 소풍하는 버릇이 있어요. 한번은 논둑에 멀쩡한 새끼가 있어 매우 아까워 주워 왔는데, 아니 그 끝에 소란 놈이 묶인 줄은 꿈에도 몰랐단 말이오. …… 그건 그렇고 사돈께서는?"

"나도 별일은 아니오. 읍내에 갔더니 상점에 좋은 갓이 있었소. 맘에 들어 그걸 사 쓰고 나오면서 깜빡 외상이라는 말을 잊었단 말이오."

이건 아무래도 꾸며낸 이야기 같지만 비슷한 실화가 있다.

일제 때 S라는 쾌남이 모 고관을 큰 호텔로 초대하여 실컷 마시고 묵었으나 실은 무일푼이었다. 이튿날 아침 보이를 불러 당시로는 제일 큰 십 원짜리 한 장을 주인에게 빌려 오라고 명령했다.

주인은 이상하게 여겼으나 그 고관의 체면도 있고 해서 장롱 속에서 꺼내 주었다. 그 돈으로 담배 한 갑을 사 오라는 것이다. 담배라 해야 15전이었으니 9원 85전의 우수리와 함께 보이는 담배를 가지고 왔다.

"야, 그 돈은 네게 주는 팁이야."

그가 남은 돈을 모조리 보이에게 주는 것이 아닌가. 1년을 벌어도 못 모을 돈을.

보이는 계단에서 그만 굴러 떨어졌다.

이 굉장한 손님들이 나갈 때 주인은 숙박료에 관해서 한마디의 말도 못했다.

강도와 화장실

고등동물과 하등동물의 구별은 배설처排泄處를 가리는 데 있다. 닭은 아무 데나, 토끼는 한쪽에, 개는 전신주에, 사람은 변소에. 요즘은 이걸 화장실이라고 한다. 이 화장실도 생활수준에 따라 차이가 있어 바bar의 화장실은 향수 냄새가 인공적이라 돈을 받고, 대폿집 화장실은 냄새가 자연스러워 자연 무료다.

인류는 어떤 식으로든지 화장실을 특설하게까지 발달시켰는데, 루소의 '자연으로 돌아가라'를 신봉하는 순간—술이 취했을 때—에는 골목길 벽이 화장 벽이 된다.

한 순경이 그 광경을 발견하고 가까이 가 보니 저명한 모 박사라 딱해서 슬쩍 말을 건넸다.

"선생님, 제 입장도 있으니 기왕이면 벽에 딱 붙어 서주십시오."

그러자 그 술 취한 박사가 대꾸했다.

"뭐? 더 붙어 서라고? 이 시멘트 바닥에? 내 보물 입장은 조금도 생각하지 않는 거야?"

권총 강도들이 전당포 방바닥을 화장실로 사용했다고 하는데, 이건 도둑들의 미신인 모양이다. 일전 내 집에 들어온 놈도 그 바쁜 데도 불구하고 카펫을 적셔놓고 갔으니!

이걸 보더라도 도둑은 대개 지독한 미신가임에 틀림없다.

옛날 조지 래프트*가 갱으로 나오는 「당신과 나」**란 영화에서 도둑은 가장 밑지는 장사라는 계산이 나왔다. 도둑이란 채산이 맞는다고 믿는 것부터가 어리석고 지린내 나는 미신가들이다.

---

* George Raft. 1901~1980. 미국의 영화배우로, 1930년대부터 1940년대까지 워너브라더스의 갱스터 영화에 주로 나왔다.
** 「You and Me」. 1938년 개봉한 프리츠 랑 감독의 미국 영화.

♦ ♦ ♦

국제 건망증 콩쿠르

대구의 모 은행이 19만 환을 교환하는데, 190만 환19만 원을 내어준 건 건망증의 '히트'다. 뒤쫓아 찾았다니 다행이기는 하나 원래 천재들 중에는 이런 사람이 있는 모양이다.

인공위성의 창안자 뉴턴은 계란을 냄비에 넣고 시계를 들고 기다렸다가 얼마 후에 시계를 보니 자판이 없어졌고 냄비 뚜껑을 열어 보니 계란이 시계로 변해 있었다는 이야기로 위로 받기를.

건망증 콩쿠르가 열렸다.

영국 선수. 밤에 자기 집을 못 찾아 근처를 왔다 갔다 하는 중에 자기 집 식모아이가 나오자 말을 붙였다.

"애야, 이 근처에 변호사 클라크 집이 어디냐?"

"어머나! 아저씨가 클라크 아니에요?"

"응, 그건 나도 알고 있어. 그러나 내 집이 어디냐 말이야?"

프랑스 선수. 방문객이 많아 공부가 안된다고 그는 집에 있어도 '앙페르 외출 중'이라는 패를 붙인다. 한번은 잠깐 나가서 담배를 사 온 수학자 앙페르, 그 패를 보고 중얼거린다.

"주인이 없으니 다음에 와야겠는걸……"

한국 선수. 어떤 호텔에서 중하고 같이 잔 '이즘'이라는 사나이. 밤중에 도둑이 향수_{마취제}를 뿌려놓고 포켓을 털면서 하도 잘 자기에 머리를 깎아버렸다. 이튿날 중은 변소엘 가고 이 사람이 일어나 시원한 머리를 만지면서 말했다.

"중은 여기 있는데, 나는 어디 갔을까?"

채점은 여러분이.

가족 만담 콩쿠르

오래간만에 일찍 돌아간 나는 아이들을 불러놓고 이야기 콩쿠르를 한다고 했더니 국민학교는 기권하고 중고등학교만 참가했다.

C : 요즘 어디서 검도 시합을 했다는데 검도가 뭐냐고 물었더니 선생님이 칼싸움이라고 하면서 이렇게 말씀하셨어.

"내 검도에는 당할 사람이 없어. 내가 도쿄에 있을 때 어떤 검도 선수가 1초 동안에 칼을 빼 나르는 제비를 치고 도로 칼집에 넣을 수 있다기에 한번 해보라고 했더니 들에 나가서 정말 눈 깜짝할 동안에 칼을 빼 제비를 쳤는데, 칼집에 칼이 들어가지 않았단 말이야. 왜 그런지 알아? 그동안에 내가 칼자루에다 돌을 박아버렸단 말이지. 이만하면 내 실력을 알 수 있잖아?"

(박수)

B : 우리 선생님은 글을 쓰면서 질문을 해놓고는 갑자기 뒤로 돌아보는 일이 있는데, 오늘은 내가 질문을 받았어. 나는 알면서도 일부러 천장을 보고 한참 서 있었지. 그랬더니 그 선생님이 획 돌아보면서 이렇게 말씀하시는 바람에 폭소가 일어났어.

"너, 책 보고 있지?"

(박수)

A : 난 선생님 이야기는 안 하겠어. 어험!

어제 우리 담임 선생님이 눈 나쁜 아이들을 앞쪽에 앉도록 자리를 바꾸었는데, 오늘 다른 선생님이 들어와서 뒤에 앉은 작은 아이에게 꾸짖듯이 말씀하셨어.

"너, 왜 그 뒤에 앉아 있어!"

그러자 그 아이는

"눈 나쁜 아이들이 앞으로 갔기 때문이에요."

이렇게 대답하려다가 미안했는지 말을 바꿔서 대답했지.

"전 눈이 너무 좋아서……."

(박수)

◆◆◆

반풍수가 망친다

우리나라 이야기다. 한 인색한 사나이가 물에 빠져 떠내려가면서 이렇게 외쳤다.

"공짜로 사람 살려주오!"

둑에 서 있던 사나이도 비슷한 자라 이렇게 대꾸했다.

"공짜는 안 돼!"

다급한 지경임에도 두 사람 사이에 대화가 오갔다.

"어푸, 천 원 내겠으니……."

"1천 원? 2천 원 아니면 안 되겠네."

"어푸, 2천 원이라…… 쌀이 두 가마나 되는데…… 어푸……."

"어떡할 작정인가?"

"아무래도 그만두겠네. 이 구두쇠 놈아!"

그 구두쇠는 이렇게 말하면서 떠내려갔다고 한다.

이야기가 아니면 살인 방조죄다.

요즘 익사자가 부쩍 늘고 있다. 헤엄을 배우는 데는 한두 번의 죽을 고비를 넘기는 것이 상례인데, 이걸 방지하는 길이란 쇠뭉치와 구두쇠가 아닌 수영에 능한 후견자가 붙어 있어야 한다는 점이다.

자동차 사고의 대개가 어설픈 운전에 있는 것과 마찬가지로 익사자의 대부분은 어설픈 헤엄이 되는 사람들이다.

때로는 썰물을 모르고 먼 곳에 나갔다가 못 나오는 수영 교사의 경우도 있다. 나도 작년 수영선수로 자인하고 그해 일곱 명이나 죽었다는 줄기 센 강을 건너다가 죽을 뻔한 일이 있다.

이러한 경험에 의하면 익사란 기술보다 실망에 의한 초조감에서 팔다리를 펴지 못할 때에 시작되는 것이니 이를 풀어주는 것이 후견인 후견선일진대 구두쇠가 되지 말고 생명을 보호하기를…….

◆ ◆ ◆

멍교와 무시기는 통했지만

한 시골 양반이 극장 앞에 사람이 모여 있는 걸 보고 다른 사람에게 물었다.

"멍교?"

질문 받은 사람은 무슨 말인지 몰라서 되물었다.

"멍교가 무시기?"

그러자 시골 양반이 다시 물었다.

"무시기가 멍교?"

이것은 경상도와 함경도의 "뭐요?"라는 뜻의 사투리다.

지금은 이런 일이 없어지고 있는데, 그 이유로는 피난, 수복, 신문, 산업박람회, 재건호* 등을 들 수 있다. 말이 통해야 마음도 통하니 반

갑다.

그러나 아직 지식과 무지, 센스와 앱노멀abnormal은 통하지 않고 있다.

한 과학자에게 무지 씨가 물었다.

"인공위성이 뭡니까?"

과학자가 대답했다.

"우주를 도는 기계요."

무지 씨가 다시 물었다.

"기계는 아는데 우주라니?"

"하늘을 다 모아놓은 것이오."

"저 큰 하늘을 어디다 모아요?"

"별과 별 사이에."

"그 사이로 나는 것입니까? 알았습니다. 그러나 밤에는 별에 부딪치지 않겠소?"

'어린이보호협회의 당부'라고 낙서를 해놓아도 껄껄 웃을 한국 사람은 드물 것이다.

이 땅에 첫째 무지를 없애고, 그 뒤에 할 일은 대화나 행동 속에 센스와 유머가 포함되어야 살맛이 나겠다. 신문 제목에도 영화의 대화

* 再建號. 1962년부터 1969년까지 서울-부산 간 초특급열차로 운행한 열차의 이름.

에도 좀 더 센스가 필요할 것 같다. 프랑스나 미국의 대화에서 그것을 많이 발견할 수 있는 건 이 신문과 영화 대화의 영향 때문이리라.

◆◆◆

곰탕집은 고치면 안 가

"자네, 그 시원찮은 심리학에 질투가 빠졌네."

"질투하는 건가?"

"충고일세."

"충고도 질투의 사촌쯤 되네."

"자기의 동상에 질투한 소설을 읽어본 일이 있나?"

"에이메의 『마르탄』 말이지?"

"인간의 심리를 잘 그렸어."

W라는 친구와 대화 중이다.

"질투라는 건 우리 사회에서는 너무나 평범한 일이니 오히려 독자가 코웃음만 친단 말이야."

"확실히 보편화되었어. 아마 처세의 3요소에 들어갈걸?"

"3요소라니?"

"그래, 간단하게 설명하기 힘드네."

"쉽게."

"등산해본 일 있지?"

"있다고 하고."

"올라가서 있다가 내려온다. 이 중에서 '있다'가 질투란 말이야."

"뭐? 무슨 말이지?"

"산 위는 약간 평탄하지만 바위 위는 아주 뾰족한 법이고 누구든 올라가면 내려오는 걸로 봐서 누구나 어떠한 모양이든 간에 질투를 만나볼 수 있단 말이야."

"자네는 질투를 산 위에다 두지만 나는 곰탕집에다 두고 싶어."

"곰탕집에도 들어가면 반드시 나오니까."

"그런 삼단논법은 안 쓰겠네."

"곰탕집이 대개 너절하지 않나?"

"깨끗이 개축한 집도 있지. 거기에는 사람이 안 간단 말이야. 어쨌든 곰탕집이란 사람이 많이 올 때는 가만두는 것이 좋단 말이야."

"교장이 학교를 다 지어놓으니 전근이 됐다는 이야기와 비슷한데?"

"그러니 발전이 없지 않나. 그 말은 발명가를 추켜주는 곳에 가서나 하게."

◆ ◆ ◆

트위스트에서 어깨춤으로

혁명 직후 인간성에 관한 두 가지 화젯거리가 있었으니 하나는 '나는 어깨입니다'와 '나는 춤쟁이입니다'다.

깡패는 없어져야 하겠지만 춤은 없어질 성질의 것이 안 된다. 남녀가 안고 추는 건 비도덕적이라 생각했는지 요즘은 트위스트*라는 떨어져서 몸을 흔드는 춤이 우리 이웃에도 침투했다.

중학교 다니는 아이들이 말했다.

"아버지, 트위스트 판_{엘피판} 사오세요."

---

* twist. 상체와 하체를 좌우로 비틀면서 추는 춤. 1960년대 초부터 미국을 비롯해 세계 각국에서 유행한 춤으로, 4분의 4박자의 리듬이 뚜렷하고 빠른 음악에 맞추어 춘다.

그런가 하면 운동 시합 응원에는 으레 트위스트다. 트롯이니 왈츠니 하는 춤은 스텝에 상당한 규칙이 있지만 맘보니 지르박은 스텝이 간소화되었으며, 이 트위스트는 아주 단순한 점이 대중적이다.

몸을 흔들면서 걸음을 걷는 사람이 그 걸음을 조금만 더 강조하면 트위스트가 되는 셈이다.

또 이 특색은 몸집이 좋지 않은 사람이 어색하게 출수록 더 매력이 있다는 점이다.

우리나라 춤에 '어깨춤'이란 게 있다. 장단에 맞춰 어깨만 올리면 된다. 이 춤도 앞으로 멋진 음악에 맞추어 추도록 보급하면 세계시장에 나갈 수 있는 것이다. 그 선전문에는 다음과 같은 글이 있어야 할 것이다.

"인류여, 항상 즐거움과 춤을 가져라. 춤은 또 건강에 좋다. '로큰롤'에서 다리를, '트위스트'에서 허리를, 그리고 이제 코리아가 창안한 '어깨춤'에서 가슴의 건강을 위해서……."

인생은 음악과 같다

금난새

◆ ◆ ◆

'선 김에'에서 '간 김에'로

어렸을 때는 텔레비전이 없는 집도 많았지만 있는 집이라 해도 방 안에 두는 게 아니라 거실에 두는 게 보통이었다. 식구들이 다 모여서 봐야 할뿐더러 손님들이 오시면 어울려 봐야 했기 때문이다. 우리 가족 역시 저녁이면 다 같이 거실에 모여 텔레비전을 봤다. 소파에 기대기도 하고 바닥에 나란히 눕기도 하면서 편안한 자세로 텔레비전에 집중했다.

그러다가 목이 말라 우유나 주스를 마시려고 일어서면 누워 계시던 아버지가 말씀하셨다.

"얘야, 선 김에 맥주 하나 가 온나."

이왕 부엌에 가려고 일어섰으니 가는 김에 네 볼일 보고 나에게도 맥주 한 병 가져다 달라는 말이었다. 나는 아버지의 이 말씀이 너무 재미있었다. 순간적인 위트와 재치가 느껴지는 표현이었던 까닭이다. 이처럼 아버지는 아이들에게 권위적으로 심부름을 시키는 게 아니라 필요에 의해 자발적으로 일어섰을 때를 이용해 애교 있게 부탁을 하는 스타일이었다.

2016년 독일 베를린에서 세계 최대의 화폐 박람회인 '머니 페어 2016'이 열렸다. 세계 각국의 조폐공사 및 은행 담당자들이 참여하는 큰 행사였다. 박람회가 열리기 한 달 전쯤 한국조폐공사에서 연락이 왔다. 뉴월드 챔버 오케스트라에서 행사에 참석해 연주를 해줄 수 없겠느냐는 것이었다. 나라를 위한 일이니만큼 시간이 촉박했지만 수락을 했다.

그때 문득 옛날 아버지에게게서 들었던 '선 김에'라는 말이 생각났다. 베를린이면 내가 젊은 시절 공부하러 갔던 곳인데, 그냥 행사에 참석해 연주만 하고 오기에는 뭔가 아쉬움이 남았다. 이왕 '간 김에' 현지에서 멋진 음악회를 하고 오면 어떨까 하는 생각이 든 것이다.

하지만 시간이 부족했다. 제대로 된 연주홀은 예약이 꽉 찼을 테니 마땅히 음악회를 할 만한 곳이 없었다. 고민하던 중에 카이저 빌헬름 기념 교회가 떠올랐다. 번화가인 쿠담 거리에 위치한 이 교회는 카이저 빌헬름 2세가 독일을 통일한 카이저 빌헬름 1세에게 경의를 표하기 위해 1895년에 세운 교회다. 제2차 세계대전 당시 폭격으로 첨탑

베를린 카이저 빌헬름 기념 교회에서 열린 자선 음악회

이 파괴되었지만 전쟁의 비참함을 널리 알리기 위해 무너진 모습 그대로 보존한 교회였다. 그 옆에 둥그런 모양의 콘서트홀이 있는데, 유학 시절 나도 거기서 열린 콘서트에 참석한 적이 있었다.

다행히 예약이 되어 있지 않아 박람회 연주 다음 날 그곳에서 음악회를 열기로 했다. 그리고 나는 카이저 빌헬름 기념 교회 목사님에게 아이디어를 제시했다.

"연주를 할 때 청중에게 조금씩 돈을 모아 유럽 난민들을 위해 기부를 했으면 합니다."

당시 유럽 각국에는 난민 문제가 커다란 이슈였다. 음악회를 하는 김에 음악만 듣고 끝나는 게 아니라 이런 좋은 일도 하자는 것이었다. 교회 목사님은 내 제안에 대찬성이었다.

"정말 좋은 생각입니다. 안 그래도 재단을 통해 기금을 모으는 중이었습니다."

화폐 박람회 공식 연주회 다음 날 우리는 카이저 빌헬름 기념 교회 콘서트홀에서 전날 했던 프로그램을 한 번 더 연주했다. 갑자기 열린 음악회라 안내 팻말 하나만 세워두었을 뿐인데, 청중이 300명 넘게 모여들었다. 연주 중 취지를 설명했더니 난민들을 위한 기금이 3천 유로 이상 모금되었다. 음악회도 기금 모금도 성공적이었다. 이 사실이 현지 신문에까지 보도될 정도였다. 아버지의 '선 김에'가 아들에 의해 '간 김에'로 이어진 셈이다.

◆◆◆
중단되지 않는 탁구 경기

아버지는 한글전용주의자였다. 창씨개명 등 일제강점기 때 당했던 박해에 대한 기억이 워낙 강렬해서인지 해방 이후 성을 김씨에서 금씨로 바꾸고, 자식들 이름을 전부 한글로 지은 것이다. 아버지가 문교부 편수관으로 계실 때는 일본어로 된 음악 용어를 한글로 바꾸는 데 많은 기여를 하셨다. 이를테면 우리말을 사랑하는 실행 위원 같은 분이었다.

지금도 기억나는 장면이 있다. 악보의 어느 부분 끝에 점이 위아래로 나란히 두 개 찍혀 있으면 표시된 앞의 일정 부분을 한 번 더 연주하거나 노래하라는 표시다. 이를 되돌이표 혹은 도돌이표라고 한다. 하루는 이걸 보고 아버지께서 이렇게 말씀하셨다.

1966년 서울예고 졸업식에서 (왼쪽부터 아버지와 나, 임원식 교장, 어머니)

"그러면 점을 하나 더 찍으면 세 번, 하나 더 찍으면 네 번 다시 하라는 거 아이가?"

나는 그 말을 듣고 한참을 웃었다. 너무 재미있어서다. 어떻게 그런 발상을 할 수 있었을까? 어찌 보면 돈키호테 같은 분이었지만 한편으로는 대단히 기발하고 창의적인 분이었다.

아버지는 탁구를 아주 잘 치셨다. 상당한 실력이었다.

그런데 공격은 거의 하지 않았다. 수비만 했다. 이기려면 공격을 해야 하는데, 공격을 하지 않고 수비만 하니 실력에 비해 결과는 그리 좋지 않았다. 아버지는 생전에 쓰신 어떤 책에서 자신을 이렇게 소개

한 일이 있다.

"탁구부 주장인데도 우승을 못 해봤다."

중고등학교에 다닐 무렵 집에 탁구대가 있었다. 형제들끼리도 탁구 시합을 했지만 아버지와도 자주 탁구를 쳤다. 나는 다른 누구와 탁구를 치는 것보다 아버지와 치는 게 가장 재미있었다. 다른 사람들은 이기려고 탁구를 치는데, 아버지는 그렇지 않았기 때문이다. 내가 아무리 힘을 주어 공격해도 아버지는 웃으면서 다 받아 넘겼다. 탁구대에서 멀찌감치 떨어져 내가 친 공을 공중으로 높이 받아 올리면 한참 있다가 내 탁구대 위로 공이 뚝 떨어지기도 했다. 공을 다 받아 주니까 경기가 중단되지 않고 오래 지속될 수 있어 좋았다. 공이 탁구대 위에서 계속 살아 있으니 바닥에 떨어진 공을 주우러 갈 일도 없었다.

아버지는 이기기 위해 탁구를 친 게 아니었다. 즐기기 위해, 자신의 행복을 위해 탁구를 친 것이다. 이런 아버지의 넉넉하고 여유 있는 태도는 내게도 많은 영향을 끼쳤다.

음악도 이와 같다고 생각한다. 오케스트라는 앙상블이 생명이다. 나만 잘하려고 하면 무리하게 되고, 무리하면 앙상블이 깨지기 쉽다. 노련한 연주자가 먼저 수비하듯 상대방을 받아주고, 들어주고, 배려해주면 자연스럽게 앙상블이 이루어진다. 나보다 조금 미숙한 사람이 있을 경우 탁구 칠 때처럼 상대방이 치기 좋게 공을 잘 넘겨주는 것이 진정한 실력자다.

시저도 죽고 나폴레옹도 갔고

어린 시절 아버지는 아픈 사람처럼 비틀거리며 이렇게 말씀하셨다.

"아이고, 시저도 죽고 나폴레옹도 갔고…… 나도 요새 몸이 안 좋다."

그러면 우리는 마음껏 소리 내어 웃었다. 아버지가 실제로 몸이 아파 그러신 게 아니라 웃기려고 그러신 걸 알았기 때문이다. 워낙 유머를 좋아하신 분이지만 이런 유머를 통해 아버지는 은근히 자신을 시저나 나폴레옹과 동급의 위치에 올려놓으셨다.

우리 삶 속에도 이와 유사한 유머의 요소가 발견될 때가 있다.

"내가 어제 대통령을 만났는데 말이야."

"엊그제 내가 그 유명한 톱스타 아무개를 만나지 않았겠어?"

이런 예를 들다 보면 어느새 자기 자신도 대통령을 만날 수 있는 고위층 인사나 톱스타와 어울릴 수 있는 화려한 인맥을 갖춘 사람이 된 것 같은 착각에 빠지는 것이다. 아버지는 특유의 유머를 통해 그런 허세가 다 웃음거리밖에 되지 않는다는 걸 가르쳐주셨다.

아버지는 이런 이야기도 들려주셨다.

"너희들 공비나 빨치산이라고 들어봤지? 정식 군인이 아니라 비정규군인 공산당을 공비나 빨치산이라고 부른단다. 지금은 그렇지 않지만 예전에는 이 공비나 빨치산들이 낮에는 산에 숨어 있다가 밤만 되면 마을로 내려와 약탈을 하거나 양민들을 살해하곤 했단다."

"엄청 무서웠겠네요?"

"그렇지. 물론 국군들이 지켜주긴 했지만 밤이면 국군들 몰래 공비나 빨치산들이 민가로 내려왔으니 이들하고 맞닥뜨리면 얼마나 무서웠겠니? 그런데 말이야. 하루는 어떤 남자가 술 한잔 마시고 얼큰하게 취해서 집으로 가고 있는데, 갑자기 눈앞에 군인들이 나타나 너는 어느 편이냐고 물은 거야. 이 남자는 술이 확 깨서 덜덜 떨 수밖에 없었지."

"그래서 어떻게 됐어요?"

"너무 깜깜한 밤중이라 이 군인들이 국군인지 공비인지 알 수가 없었어. 만약 이 사람이 나는 국군 편이오, 하고 대답했는데, 앞에 있는 군인들이 공비라면 죽음을 면치 못하겠지. 거꾸로 만약 이 사람이 나는 공산당 편이오, 하고 대답했는데, 앞에 있는 군인들이 국군이라면 이 역시 총알받이 신세를 면할 수 없는 위급한 상황이었어. 이럴 수도 없고, 저럴 수도 없었지. 죽을 확률이 50퍼센트, 살 확률이 50퍼센트였던 거야."

"그래서 그 사람은 뭐라고 대답했어요?"

"너희들이라면 뭐라고 대답했겠니?"

"글쎄요……."

"그 사람은 이렇게 대답했단다. …… 나는 당신 편이오, 하고 말이야."

숨을 죽인 채 이야기를 듣고 있던 우리는 일제히 박장대소하고 말았다.

◆◆◆

시가렛과 시가

베를린 음대 유학 시절의 일이다. 라벤슈타인 교수님은 매 학기가 끝나면 자신의 집으로 학생들을 초청해 바비큐 파티를 했다. 직접 소시지와 고기를 구워 학생들을 배불리 먹였다. 참 정이 많은 분이었다. 파티가 끝날 때쯤에는 항상 코냑을 가져와 마시게 한 후 시가를 피우도록 했다. 지휘를 전공하는 학생은 모두 다섯 명이었다. 우리는 어른 행세를 하면서 한껏 멋을 부린 채 시가를 피우곤 했다.

처음에 나는 약간 머뭇거렸다. 동양에서는 어른들과 함께 술은 마셔도 담배는 같이 피우지 않는 게 예절이자 문화였기 때문이다. 하지만 라벤슈타인 교수님은 괜찮다며 시가를 권하셨고, 그렇게 한두 번 피우다 보니 자연스럽게 코냑과 시가를 즐기게 되었다.

1977년 카라얀 콩쿠르의 입상자들 발레리 게르기예프(중), 야체크 카스프치크(우)와 함께

1977년 카라얀 콩쿠르에 입상한 후 아버지가 독일에 오셨을 때도 라벤슈타인 교수님은 우리를 집으로 초대했다. 그날 역시 분위기가 무르익자 여느 때처럼 교수님은 코냑과 함께 시가를 내왔다.

"헤어 금."

교수님은 아버지께 시가를 건네며 피울 것을 권한 다음 내게도 시가를 주며 피우라고 했다. 주저할 수밖에 없었다. 아버지 앞에서 어떻게 맞담배를 피운단 말인가. 그렇다고 교수님께 한국의 풍습에 대해 장황하게 설명할 수도 없는 노릇이었다. 축하해 주기 위해 독일까지 오신 아버지를 실망시킬 것 같아 이러지도 저러지도 못하고 있었다.

바로 그때였다.

"시가렛은 몰라도 시가는 괜찮다."

아버지는 이렇게 툭 던지듯 말하면서 시가를 피우셨다.

그 바람에 나는 부담을 떨치고 비로소 시가와 함께 담소를 즐길 수 있었다.

지하철의 음악가

◆◆◆

요즘은 우리나라에서도 버스킹*을 자주 볼 수 있다. 유럽에서는 예전부터 사람들이 모인 곳에 버스킹이 흔하게 이루어졌다.

그런데 어떤 연주자는 지나는 사람들의 호응을 받으며 적잖은 공연 수입도 올리는가 하면 어떤 연주자는 오랜 시간 열정적으로 공연을 해도 별 호응을 얻지 못하는 경우가 있다.

나는 한때 런던에 자주 갔었다. 세계에서 가장 오래된 도시철도인 런던 지하철은 지하 깊은 곳에 위치해 있다. 모스크바에는 땅속 100미터 아래까지 지하철이 다닌다고 하는데, 런던은 그 정도는 아니지만

---

* busking. 거리에서 자유롭게 공연하는 것을 뜻하는 말.

거의 50미터 아래까지 지하철이 연결되어 있다. 이렇게 깊은 땅 밑에 있는 지하철을 타려면 에스컬레이터를 타고 상당 시간을 내려가야 한다.

런던의 지하철 역사에도 거리의 음악가들이 있다. 분주히 오가는 사람들은 이들에게 그다지 관심을 기울이지 않는 때가 많다.

늦가을 어느 날이었다. 을씨년스럽게 비가 내리고 있었다. 오후 6시 퇴근 시간 즈음에 나는 지하철을 타기 위해 에스컬레이터를 타고 깊은 역사 안으로 내려가는 중이었다. 어디선가 애잔한 음악이 들려왔다. 트럼펫 연주였다. 이탈리아 영화음악가인 니노 로타가 작곡한 영화 「대부The Godfather」의 주제곡이었다. 스산한 날씨 속에 몸을 움츠리며 서둘러 퇴근하는 도시인들의 심금을 울리는 처연하면서도 애틋한 연주였다.

에스컬레이터 한쪽에 길게 줄을 서서 땅속 깊은 곳으로 내려가는 사람들 모습이 마치 트럼펫 연주에 몸을 맡긴 채 가을의 심연 속으로 한 잎 두 잎 떨어지는 낙엽처럼 보였다. 그날 분위기에 이 이상 어울리는 음악은 없을 듯했다.

순간 요란한 금속음이 들리기 시작했다. 에스컬레이터에 서서 내려가던 사람들이 맨 아래에 자리한 트럼펫 연주자가 벗어 놓은 모자를 향해 동전을 던지고 있었다. 올라가는 쪽과 내려가는 쪽 에스컬레이터 가운데 있는 금속 판 위로 수많은 동전들이 데굴데굴 굴러 떨어졌다. 거의 모든 사람들이 주머니에서 동전을 꺼내 그의 모자 속으로 던져 넣은 것이다.

잊을 수 없는 진풍경이었다.

음악이 청중과 소통하는 것이라면 음악회 때 어떤 곡을 연주할 것인가는 그날의 분위기와 청중의 마음을 충분히 헤아려서 선정해야 한다. 곡 선택을 어떻게 하느냐에 따라 음악회의 결과가 달라질 수 있다는 것을 확인한 것이다.

동전이 수북이 쌓인 트럼펫 연주자의 모자를 보며 이런 생각이 들었다.

'만약 저 사람이 하이든의 트럼펫 콘체르토를 연주했더라면 과연 사람들이 이렇게 많은 동전을 던졌을까?'

◆ ◆ ◆

삼겹살 송년 파티

경기도 구리시에 아트홀이 건립될 무렵이었다. 2013년 봄 개관을 앞두고 2012년 말에 최종 점검을 위한 시범 기획 공연이 있었다. 수도권 동북부 문화 예술 발전에 많은 기여를 할 수 있는 곳이었기에 초청을 수락한 후 즐거운 마음으로 연주회를 준비했다.

그런데 당일 연주를 하려고 가보니 아직 시설이 미비해서 그런지 홀 내부가 조금 추웠다. 무대에서 연주하는 단원들도 한기를 느꼈다. 그렇다고 두꺼운 옷을 입고 연주할 수는 없는 노릇이라 곱은 손을 펴가면서 한 곡 한 곡 연주를 이어갔다.

중간 휴식 시간이 되었다. 단원들은 대기실에서 난로에 둘러앉아 언 몸을 녹였다.

이때 무대감독이 내게 작은 쪽지 하나를 가져다주었다.

"선생님, 저는 이 근처에서 식당을 하는 사람입니다. 오늘 연주 정말 잘 들었습니다. 날씨도 추운데 최선을 다해 연주하는 단원들에게 감동을 받았습니다. 좋은 음악 들려주셔서 고맙습니다. 그래서 드리는 말씀인데…… 공연 끝나고 저희 식당에 오셔서 식사하십시오. 제가 미리 다 준비해 놓겠습니다. 제 남편은 홀에서 연주를 듣고 있으니 끝나면 선생님과 단원들을 이리로 모시고 올 겁니다. 꼭 와주십시오. 감사합니다."

쪽지에는 이런 내용의 글이 적혀 있었다. 추위가 확 달아나는 따뜻한 편지였다. 너무 고마웠다. 살다가 이런 일이 생긴다는 게 결코 흔한 게 아니었다. 나는 중간 휴식 시간이 끝나고 다시 연주가 시작되기 전 무대에 올라 청중에게 쪽지에 적힌 이야기를 들려주었다. 객석에서 뜨거운 박수와 환호가 터져 나왔다. 홀 안에는 한기 대신 온기가 가득했다.

음악회가 끝난 뒤 우리는 식당 주인 남편을 따라 식사 장소로 이동했다. 큰 식당이었다. 1층과 지하가 모두 영업 장소였는데, 지하 전체를 우리를 위해 비워 두고 식사 준비를 완료한 상태였다. 메뉴는 삼겹살이었다. 뉴월드 필하모닉 오케스트라 단원 60여 명은 이날 엉겁결에 푸짐한 송년 파티를 하게 된 셈이었다.

◆ ◆ ◆

저 사람이야 말로 진짜 다르군

오래전 일이다. 루프트한자 항공 비행기를 타고 독일에 갈 때였다. 나는 가운데 네 명이 나란히 앉는 좌석의 맨 가장 자리에 앉았다. 옆자리의 두 남자는 일행이었다. 비행기가 이륙하자 이들의 대화가 시작되었다. 듣다 보니 이들은 공무원으로서 한 사람은 상사고 한 사람은 부하 직원인 듯했다.

"자네, 독일 처음 가는 건가?"

"네, 그래서 두근두근합니다."

"그렇겠지. 아무튼 독일은 참 대단한 나라야. 독일 사람들도 그렇고 말이야."

"아, 그렇습니까?"

"그럼, 이 사람들은 달라."

그 상사는 독일을 여러 번 가본 것 같았다. 독일에 대한 자신의 해박한 지식을 부하 직원에게 하나라도 더 알려주기 위해 끊임없이 대화를 이어갔다. 초행길인 부하 직원은 그의 말을 행여 놓칠 세라 귀를 기울이며 경청했다. 그러다가 식사 시간이 되었다. 승무원들이 차례대로 식판을 가져다주었다. 동양인들에게 제공되는 식판 안에는 나무젓가락이 있었다.

"이것 봐. 나무젓가락까지 챙겨주잖아? 역시 이 사람들은 달라."

"정말 그렇군요."

두 사람은 식사를 하는 중에도 독일 이야기를 계속했다. 워낙 독일에 대해 아는 게 많아 그가 마치 독일 사람처럼 느껴질 정도였다.

그런데 화수분처럼 솟아나던 그의 말이 한순간 끊기더니 정적이 흘렀다.

"어? 이쑤시개가 없네?"

식사를 마친 그가 중얼거렸다.

하지만 이내 뭔가 대단한 걸 발견한 것처럼 그는 주저 없이 식판 속의 나무젓가락을 뚝 부러뜨려 그 끝으로 이를 쑤시기 시작했다. 사방에는 외국인들이 식사 중이었다. 그의 낯선 행동을 힐끗거리며 쳐다보는 사람도 있었다. 대단한 임기응변이었지만 옆 사람에게 들릴 정도로 소리를 내면서 이를 쑤시는 뜻밖의 모습을 보며 나는 조금 당황스러였다.

그날 비행기 안에 있던 다른 사람들도 그를 봤더라면 나와 비슷한 생각을 하지 않았을까?

'저 사람이야말로 진짜 다르군.'

◆◆◆

의자 나르는 지휘자

나는 섬이든 산골이든, 어촌이든 농촌이든 가리지 않고 연주를 하러 다닌다. 청중이 원하는 곳이라면 어디든 가야 한다고 생각하기 때문이다. 그러다 보니 2003년 이후에는 해마다 100회가 넘는 연주회를 이어왔다. 연주회를 많이 하다 보면 무대 위에서 예기치 않은 일들도 상당수 벌어진다. 임기응변을 발휘해야 할 때도 있고, 직접 팔을 걷어붙일 때도 있다.

음악 다음으로 내가 주의를 기울이는 건 음향이나 무대장치 그리고 연출이다. 무대는 가능한 한 객석과 가까워야 하고, 청중과 호흡하는 공간이어야 하며, 청중에게 더 나은 서비스를 제공할 수 있도록 꾸며져야 한다고 믿는 까닭이다.

연주자들의 위치에 따라 객석에서는 음악이 다르게 들린다. 무대에서 들으면 소리가 괜찮은 것 같아도 맨 뒤에 앉아 있는 청중에게는 잘 들리지 않아 교감이 약해질 수 있다. 그래서 어떤 날은 시간이 급박한데도 불구하고 연주회장 관계자들이 이미 완성해 놓은 무대 세팅을 다시 할 때도 있다. 그런 순간에는 내가 먼저 나서서 의자를 들고 나른다.

'어, 지휘자님이 손수 의자를 나르시네?'

내 모습을 보고 당황한 연주자들은 하나둘 자리에서 일어나 무대 감독이나 진행요원들을 도와 의자를 나르기 시작한다. 사실 이런 일은 무대감독이 맡아서 하는 거라 연주자들은 나서지 않아도 된다.

하지만 지휘자가 솔선수범해서 무대 일을 돕는 데야 도리가 없다. 자신들도 거들 수밖에. 무겁지 않은 보면대나 의자 정도는 단원들이 서로 도우면 금방 끝낼 수 있는 일이다.

지휘자는 근엄한 자세로 지휘에만 전념하면 된다는 생각은 내게 어울리지 않는 모습이다. 내가 이런 생각을 가지고 있었다면 국내 최초로 벤처 오케스트라를 창단하는 모험을 할 수 없었을 것이다. 우리는 청중을 배려하며 서비스하는 사람들이다. 무대 위에서 의자 나르는 일쯤이야 아무것도 아니다.

'곧 공연을 시작해야 하는데, 왜 무대 세팅을 다시 하라는 걸까?'

이렇게 의아해하는 사람도 있을 수 있다. 그러나 청중에게 더 나은 서비스를 제공하기 위해 무대를 새롭게 꾸미는 게 낫다면 막이 오르기 5분 전이라도 세팅을 다시 하는 것이 좋지 않을까?

큰 열매는 큰 씨앗에서만
나오는 게 아니다

2019년은 독일의 시인이자 극작가인 실러가 탄생한 지 260주년이 되는 해고, 2020년은 베토벤이 탄생한 지 250주년이 되는 해다. 베토벤이 53세 때인 1824년에 완성한 교향곡 제9번은 삶의 환희와 인류에 대한 사랑의 메시지를 담고 있는 작품이다. 마지막 4악장에서 실러의 시 '환희의 송가'에 곡을 붙인 합창이 나오는 까닭에 '합창'이라는 제목으로 널리 알려지게 되었다. 유럽의 국가라고도 불리는 이 곡은 온 인류가 하나가 되기를 바라는 간절한 소망을 담아 매년 연말이면 전 세계에서 즐겨 연주되곤 한다.

그런데 이 곡이 가장 많이 연주되는 나라는 어디일까? 대부분 독일이라고 생각할 것이다. 베토벤과 실러가 독일 사람이니 그렇게 생각하는 게 당연하다. 하지만 독일보다 이 곡을 더 자주 연주하는 나라가 있다. 바로 일본이다. 해마다 12월이 되면 일본에서는 베토벤의 제9번 교향곡이 여기저기서 수없이 연주된다. 한 오케스트라가 10회에서 15회에 걸쳐 연주를 한다니 전체 오케스트라를 합치면 연주 횟수가 얼마나 많겠는가. 홀에서만 하는 게 아니다. 회사에 가서 전 직원들 앞에서 연주하기도 한다. 사람들은 이 곡을 감상하면서 한 해를 회고하고 새해에 대한 희망을 품는다. 연주 시간이 짧은 것도 아니다. 무려 70여 분에 달한다. 이런 대곡을 이들은 왜 독일보다 더 많이 연주하는 것일까?

나는 얼마 전에 흥미로운 이야기를 들었다. 제1차 세계대전 때의 일이다. 당시 일본은 아시아에서 세력을 넓히려는 야욕으로 전쟁에 참여해 연합군 편에 서서 중국에 있던 독일 기지를 점령한 바 있었다. 일본군은 이때 체포한 많은 독일 포로들을 어떻게 처리하는 게 좋을지를 두고 고심했다. 이들 중 군인도 있었지만 대다수는 식민지 영토를 개발하기 위해 중국에 파견되어 있던 전문가들이었다. 일본에 마련한 수용소로 이송된 포로들을 취조하는 과정에서 일본군은 독일 포로 중에 음악을 전공한 사람이 있다는 사실을 알게 되었다.

일본군은 이 독일 포로에게 오케스트라를 조직해 연주를 할 수 있도록 허락했다. 연합군의 눈치를 살펴야 했던 일본군으로서는 포로들을 우대하는 모습을 보이면서 오케스트라를 통해 포로들의 불안한 심리까지 누그러뜨리려는 계산이었다. 비록 수용소에 갇힌 신세라 환경은 열악했지만 이 독일 포로는 사람을 모으고 부족한 악기를 보충해 자신이 좋아하는 베토벤 제9번 교향곡을 연습했다. 그 결과 마침내 수많은 포로들 앞에서 베토벤 제9번 교향곡을 연주할 수 있게 되었다. 이것이 지금으로부터 꼭 100년 전인 1919년의 일이다.

이후 전쟁이 끝나고 포로들은 석방되었지만 일본인들 사이에 베토벤 제9번 교향곡의 진한 감동은 그대로 남게 되었고 지금까지 수많은 연주들이 이어지게 된 것이다. 베토벤 제9번 교향곡이 일본인들에게 이토록 많은 사랑을 받게 된 데는 이런 사연이 있었던 것이다.

우리로서는 일본의 제국주의 야욕과 식민 지배의 아픈 역사를 먼저 떠올릴 수밖에 없지만 전쟁과 포로라는 가장 비극적인 현실 속에서 인류애의 메시지를 담은 아름다운 베토벤 제9번 교향곡이 연주되기 시작했다는 것은 참으로 아이러니한 이야기가 아닐 수 없다.

문화라는 건 이처럼 우연한 계기로 발전된 것들이 많다. 어쩌면 우리네 인생도 마찬가지가 아닐까. 제대로 잘 갖춰진 환경 속에서만 멋지고 기막힌 작품이 탄생하는 게 아니다. 시작은 보잘것없고 아무것도 아닌 것 같아도 기나긴 과정을 거치는 동안 얼마든지 웅장하고 화려한 것이 나올 수 있다. 큰 열매는 결코 큰 씨앗에서만 나오는 것이 아니다.

◆ ◆ ◆

처칠과 셰익스피어

노벨상 중에서도 평화상은 평화 증진에 현저히 기여한 개인이나 단체에 수여하는 상인 까닭에 수상자 중에는 정치인들이 많다. 아무래도 정치적 영향력이 큰 사람들이라야 나라나 민족, 지역이나 대륙 사이에 평화를 증진시키는 일을 할 수 있기 때문이다.

나는 윈스턴 처칠 역시 마찬가지일 거라고 생각했다. 두 차례나 영국 수상을 지내면서 제2차 세계대전을 승리로 이끈 위대한 지도자였으니 그가 노벨상을 탔다면 당연히 평화상일 것으로 지레짐작한 것이다.

그런데 알고 보니 그가 받은 상은 노벨 문학상이었다. 나는 놀라지 않을 수 없었다. 정치인이 문학상을 타다니……. 어떻게 그럴 수 있었을까 이유가 궁금했다.

처칠은 공부를 잘하는 학생이 아니었다. 학교에서는 늘 말썽꾸러기였으며 낙제생이었다. 어느 날 그가 또다시 말썽을 피우다가 선생님에게 걸려 벌을 받게 되었다. 이때 선생님은 그에게 희한한 벌을 내렸다.

회초리로 종아리를 맞거나 의자를 들고 서 있는 벌이 아니었다. 영국인들이 가장 존경하는 작가인 셰익스피어의 작품을 다 읽고 독후감을 써 오도록 한 것이다. 아마도 처칠은 우직하게 이 벌을 다 받은 것 같다. 열심히 책을 읽고 글을 썼다는 이야기다. 이것은 말썽꾸러기 처칠에게 큰 자양분이 되었다.

정치인이 되기 전 종군기자로 활약했던 그는 신문에 많은 에세이와 시사평론을 기고했으며, 여러 권의 소설과 전기, 회고록, 역사서 등을 집필했다. 그가 쓴 대표작은 회고록인 『제2차 세계대전』과 카이사르의 영국 침공 시기부터 제1차 세계대전까지를 다룬 역사서 『영어 사용민의 역사』이다. 그는 자신이 쓴 글은 물론 탁월한 말솜씨까지 인정받으며 1953년 당당히 노벨 문학상을 수상했다.

만약 학창 시절 허구한 날 말썽만 일으키던 처칠에게 선생님이 육체적 고통을 감내케 하는 벌만 주었다면 훗날 과연 그가 노벨 문학상을 받을 수 있었을까?

지난 2002년 BBC가 영국인 1백만 명을 대상으로 '위대한 영국인 100명'을 조사한 일이 있었다. 결과는 놀라웠다. 처칠이 어린 시절 선생님께 벌을 받아 억지로 읽어야 했던 대문호 셰익스피어를 제치고 1위를 차지한 것이다.

◆ ◆ ◆

방학 때는 다른 선생님께 배운다면

서울예고 교장이 된 뒤 처음 방학을 맞게 되었을 때 나는 학생들과 학부모들이 모인 강당에서 이런 말을 한 적이 있다.

"방학 때는 지금까지 레슨 받던 선생님 말고 다른 선생님께 배우도록 하세요."

다들 놀라는 표정이었다. 내가 왜 그런 말을 하는지 선뜻 이해하지 못하는 것 같았다. 클래식 음악계의 레슨 방식은 대부분 일대일 교육 방식이다. 그러니 현재 레슨을 받고 있는 스승을 떠나 다른 선생님께 가서 배우라는 말이 다소 의아할 수밖에 없었던 것이다.

하지만 내 생각은 조금 달랐다. 배움의 길은 수없이 많은데, 어째서 한 스승에게만 배워야 하는가? 아무리 훌륭한 대가라 하더라도 인간에게는 한계가 있게 마련이다. 여러 스승을 찾아가 두루두루 배우는 것이 학생을 위해 좋은 일일 것이다. 내 말은 이런 의미였다.

교육은 가르치는 스승 위주가 아니라 배우는 학생 위주가 되어야 한다. 더 큰 배움을 위해 제자들을 자꾸 다른 스승에게 떠나보내는 스승이 많아야 열린 교육, 전인 교육, 다양성 교육이 이루어질 수 있다고 믿는다.

예를 들면 성악을 공부하는 학생도 목관 악기를 가르치는 스승에게 가서 배울 필요가 있다. 목관 악기가 어떻게 소리를 내는지를 알면 사람이 어떻게 해야 좋은 목소리를 낼 수 있는지 더 깊이 깨닫게 될 것이다. 피아노를 전공하는 학생도 바이올린을 가르치는 스승에게 가서 배우면 좋을 것이다. 바이올린 현의 미세한 소리를 들으며 피아노 건반을 다루는 느낌을 더 성숙하게 키울 수 있기 때문이다. 다른 선생님을 찾아가 배우는 것은 지금까지 나를 가르친 선생님을 외면하는 게 아니다. 스승의 바람대로 더 큰 제자가 되기 위함이다. 다양한 배움을 위해서는 모두의 마음이 활짝 열려 있는 게 바람직하다.

독일에서 공부할 때였다. 나에게 지휘를 가르치던 교수님과 이런 대화를 나눈 적 있다.

"이번 방학 때는 프랑스 니스에 가서 피에르 데르보 선생님 밑에서 공부하고 올 예정입니다."

"오, 그거 좋은 생각이군. 가서 많이 배워 오도록 하게."

다른 곳에 가서 다른 스승에게 배우는 데 대해 그 누구도 뭐라고 하지 않았다. 오히려 더 많이 배우라며 격려해 주었다. 나는 이런 다양한 배움을 통해 오히려 지도교수인 라벤슈타인 선생님을 더 잘 이해하게 되었고 존경할 수 있었다.

♦ ♦ ♦

공부와 아부?

중학교 동창 중에 박 사장이라는 친구가 있다. 대기업에서 CEO를 지내며 30년 넘게 근무하다가 은퇴한 사람이다. 그는 다른 친구들하고 많이 달랐다. 대개 중고등학교 동창생끼리 만나면 워낙 허물이 없기 때문에 익살스러운 농담도 하고, 평소 들어보지 못한 생소한 이야기도 나누기 마련인데, 이 친구는 내게 그런 식으로 말을 한 적이 거의 없었다.

"어이 친구, 자넨 정말 대단해."

"아, 그렇지. 진짜 좋은 생각이야."

"과연 자네는 달라. 멋진 아이디어야."

그는 내게 이런 말을 건넸다. 흠을 잡는다든지 싫은 소리를 한다든지 하는 법이 별로 없었다. 늘 칭찬을 하거나 격려를 했다. 그래서 그 친구에게 고마운 마음을 가지고 있었다.

연주차 일본에 들를 때면 은퇴 후 도쿄에 살고 있는 그를 종종 만나곤 했다. 몇 년 전에도 도쿄에 갔다가 그 친구를 만난 뒤 헤어지려는데, 차 안에서 불쑥 이런 말을 꺼냈다.

"우리가 죽을 때까지 잊지 말고 꼭 실천해야 할 게 두 가지 있어. 그게 뭔지 아나?"

"글쎄…… 그게 뭔가?"

"하나는 공부고, 또 하나는 아부야."

"공부는 알겠는데…… 아부?"

나는 깜짝 놀랐다. 살아 있는 동안 끝없이 공부하면서 사는 거야 당연한 것이라 여겼지만 아부하면서 살라는 말은 처음 들었기 때문이다. 아부란 왠지 좋지 않은 뉘앙스의 말이다.

하지만 그 친구의 해석은 달랐다. 진심으로 상대방을 배려하고 이해하며 존중하는 것을 그는 좋은 의미에서 아부라고 표현한 것이다. 마음을 다해 칭찬하고 인정하고 격려하는 것이 바로 아부다. 그 친구에 따르면 아부를 많이 할수록 더 풍요로운 사회가 된다는 것이다.

◆ ◆ ◆

기회는 언제 어디서
찾아올지 모른다

제주 신라호텔에서는 매년 성수기인 8월에 여러 음악가들을 초청해 축제를 벌였다. 2004년 여름, 유라시안 필하모닉 오케스트라_{현재 뉴월드} 필하모닉 오케스트라 역시 이 축제에 초대되어 이틀 동안 두 번의 연주를 하게 되었다.

첫날 공식 연주회를 마친 나는 이튿날 오전 11시에 단원 몇 사람과 함께 정식 공연장도 아닌 호텔 복도에서 즉흥적으로 현악 4중주 연주를 시작했다. 복도 가운데서 연주를 하면 좌우 양쪽으로 오가던 사람들이 자연스럽게 자리에 선 채로 음악을 감상할 수 있었다.

음악회를 마치고 돌아온 뒤 며칠 지나 신라호텔 총지배인에게서 전화가 걸려 왔다.

"아름다운 연주 감사드립니다. 특히 복도에서의 실내악 연주가 너무 좋았습니다."

"아, 그러시군요. 보셨어요?"

"그래서 드리는 말씀인데…… 비수기인 1, 2월에 할 수 있는 좋은 행사가 없을까요?"

그는 예정에도 없이 호텔 복도에서 즉흥적으로 연주했던 현악 4중 주를 들으면서 총지배인으로서 고객들을 위해 만들어낼 만한 뭔가 기발한 아이디어를 찾고 있는 것 같았다.

"왜 없겠어요? 우리가 했던 것처럼 적은 청중과 함께하는 실내악 연주회를 하면 되죠."

"아, 그래도 되겠습니까? 그게 가능합니까?"

"안 될 이유가 어디 있어요? 실내악을 보급하는 기회도 되고 좋을 것 같은데요?"

'제주 뮤직 아일 페스티벌'은 그렇게 시작되었다.

나는 기업과 지역과 음악과 청중이 한 공간에서 어우러지는 페스티 벌을 구상했다. 서로 얼굴을 마주 보며 식사를 하고 차나 와인도 마시 면서 충분히 담소를 나눈 다음, 편안한 분위기 속에 음악을 감상하는 축제를 만들고 싶었다.

"한국에 아주 좋은 장소가 있답니다. 좋은 방, 좋은 음식, 좋은 공 기, 좋은 청중을 준비해 드릴 테니 좋은 클래식 문화를 심으러 온다고

2016년 제주 뮤직 아일 페스티벌 실내악 공연

예술의전당 갈라 콘서트에서 체코의 젬린스키 현악사중주단과 함께

그리스 출신의 피아노 트리오가 연주를 마치고

2014년 제주 뮤직 아일 페스티벌에 참여한 음악가들과 함께

생각하고 와주세요."

"오, 그것 참 멋진 생각이에요. 기꺼이 가겠어요."

외국인 연주자들이 흔쾌히 참석해 주었다. 이건창호, 삼양사, 풍산 등 여러 기업들도 파트너로 참여했다. 축제 기간 동안에 후원 기업들이 일일 호스트가 되어 축제를 이끌도록 했다. 기업들이 초대한 청중은 주로 경제인들이나 외교사절들이었다. 2005년 1월 제주 신라호텔에서는 1주일 동안을 실내악 주간으로 꾸며 음악 축제를 열었다. 나는 바로크 음악에서부터 현대 음악에 이르기까지 다양한 프로그램을 선보였다. 이후 '제주 뮤직 아일 페스티벌'은 많은 청중의 사랑을 받는 대표적 실내악 축제로 자리매김하며 12년 동안 이어졌다. 이 때문일까? 2013년 제주특별자치도에서는 내게 제주명예도민증을 전달하기도 했다.

공식 연주회 다음 날 단원들이 휴식을 취하거나 관광에 나서는 대신 호텔 복도에서 즉흥 연주를 하지 않았더라면 이런 기회는 오지 않았을지도 모른다.

◆ ◆ ◆

나인 투 나인

서울예고 서영님 교장에게 제안을 받아 2007년 9월 서울예고 오케스트라를 이끌고 비엔나를 방문해 무지크페어라인Musikverein 골든홀에서 연주회를 가진 이래 나는 매년 학생들을 지도하며 정기연주회를 가져왔다. 서울예고 학생들은 한 명 한 명 놓고 보면 개인의 기량이 아주 뛰어나다.

하지만 나는 그들에게 진짜 필요한 것은 자신의 능력을 키우는 일 못지않게 다른 사람과 어울려서 같이 연주하고, 내가 아닌 옆 사람의 연주를 가슴으로 들어주며, 하모니를 위해 나를 절제할 줄 아는 공감 능력이라고 생각한다. 혼자서 하는 줄넘기는 누구나 잘한다. 그러나 양쪽에서 긴 줄을 돌릴 때 몇 명이 그 안에 들어가 호흡을 맞춰 가며 줄넘기를 하는 것은 매우 어렵다. 줄을 돌리는 사람의 동작과 줄이 한 바퀴 도는 시간 그리고 함께 줄을 넘는 동료들의 몸놀림 등이 제대로 파악되어야만 줄넘기를 잘할 수 있다. 음악은 혼자 하는 줄넘기가 아니라 여럿이 한 호흡으로 하는 줄넘기다. 그래서 오케스트라를 통한 앙상블 훈련이 정말 중요하다. 처음 연습할 때는 다소 어색해하면서 부족한 게 눈에 띄었던 아이들이 실제 연주회 때는 서로를 배려하면서 열정적으로 연주하는 모습을 보는 것은 무엇과도 바꿀 수 없는 기쁨이었다.

2019년 1학기에도 변함없이 2학년 학생들을 데리고 오케스트라 연습을 했다. 한데 아이들이 내 생각이나 지휘에 대해 전에 볼 수 없었던 뜨거운 반응을 보였다. 말 한마디를 해도 아이들 머릿속에 바로바로 흡수되는 것 같은 느낌이 들었다. 나는 학생들의 열정을 한번 확인해 보고 싶었다. 원래 연주회를 앞두고 집중 연습할 때는 오전 10시부터 오후 5시까지가 연습 시간이었는데, 나는 아무런 예고 없이 불쑥 연습 시간을 바꾸겠다고 선언한 것이다.

"여러분, 내일 연습은 '나인 투 나인'으로 하겠어요. 오케이?"

나는 오케스트라 연습 시간에 좀 곤란하거나 거북한 말을 할 때는 습관적으로 영어나 이탈리아어 혹은 독일어를 쓴다. 음악 용어이기도 하지만 반말이 아니라서 들어도 기분 나쁘지 않기 때문이다. 예를 들어 좀 시끄러울 때 "조용! 조용!"이라고 하는 것보다 "피아노! 피아

노!"라고 하는 게 좀 더 부드럽다. 그래서 나는 그날도 아이들에게 이렇게 말했던 것이다.

학생들은 즉각 반응했다.

"오케이!"

90퍼센트 이상의 학생들이 좋다고 대답했다. 나는 정말 행복하고 기뻤다. 물론 열 명가량은 레슨이나 다른 약속이 있어 곤란하다는 표

225

정을 지었다. 나는 그런 학생들은 일찍 가도 좋다고 말했다. 예고한 게 아니었으니 선약이 있으면 그걸 지키는 게 마땅했다.

다음 날이었다. 학교 강당에서 연습을 하는데, 전원 다 끝까지 앉아 있는 게 아닌가. 단 한 명의 학생도 빠지지 않고 모두 연습에 집중하고 있었다. 레슨이나 다른 약속이 있던 아이들도 다음으로 미루고 연습에 참여한 것이다. 전격적으로 '나인 투 나인' 연습이 이루어졌다.

◆◆◆

연주가 불가능한 장소는 없다

1999년에 출범한 벤처기업으로서 유라시안 필하모닉 오케스트라의 첫 번째 기획 연주회는 포스코 제야음악회였다. 전용 연습실이 없어서 여기저기 연습실을 알아보러 다닐 때였다. 한 친구가 강남에 있는 포스코센터 대강당이 넓고 좋으니 알아보라고 알려주었다.

나는 홍보 담당 임원을 찾아가 대강당을 연습실로 사용할 수 있는지 물었으나 이미 일정이 꽉 차 있어 어려울 것 같다는 대답을 들었다. 할 수 없이 돌아서는데, 들어올 때 봤던 널따란 로비와 드높은 천장이 다시 눈에 들어왔다. 마치 유리로 된 성당 같았다.

"로비가 정말 좋네요. 여기서 콘서트를 하면 괜찮을 것 같은데, 가능할까요?"

"네? 이런 로비에서도 연주회를 할 수 있나요?"

"물론이죠. 이렇게 천장이 높은 공간에서 클래식 음악회를 하면 멋질 것 같습니다."

홍보 담당 임원은 미심쩍은 표정을 짓긴 했지만 내 제안을 검토해보겠다고 말했다. 이렇게 해서 빌딩 로비에서의 콘서트가 추진되었다. 정식 연주홀이 아니라서 여러 가지 제약이 많았다. 무엇보다 어수선한 로비 한가운데서 좋은 음악을 연주할 수 있을지 걱정이었다.

마침내 1999년 12월 31일 밤 10시, 포스코센터 로비에서는 밀레니엄 제야음악회가 시작되었다. 연주곡은 베토벤의 교향곡 제9번이었다. 인류에 대한 사랑과 희망의 메시지를 담고 있는 이 곡은 새로운 천년을 맞이하는 사람들이 감상하기에 딱 알맞은 작품이었다.

평소 사람들이 무심코 지나던 로비에는 1천 개의 의자가 마련되었다. 객석을 가득 메운 청중은 설레는 마음으로 앉아 있었다. 어둠 속에서 찬란한 태양이 떠오르는 것 같은 느낌의 도입부가 연주되었다. 이윽고 해를 넘겨 2000년 1월 1일 새벽까지 이어진 연주가 끝나자 청중은 누가 먼저랄 것도 없이 자리에서 일어나 뜨거운 박수를 보냈다. 빌딩 로비에서 이토록 많은 사람들이 늦게까지 클래식 음악을 즐기는 날이 오리라고는 누구도 예상치 못했을 것이다. 음악은 형식보다 소통과 교감이 생명임을 다시 한번 깨닫게 된 순간이었다.

이것을 시작으로 해마다 포스코센터 로비에서 음악회를 갖게 되었

1999년 12월 21일 포스코센터 로비에서 열린 첫 제야음악회

다. 수많은 사람이 분주히 오가던 로비가 클래식 음악이 울려 퍼지는 콘서트홀로 변신한 것이다. 나는 이 로비에서 '베토벤 페스티벌', '차이콥스키 페스티벌', '브람스 페스티벌' 등을 이어가며 세 음악가의 교향곡 전곡을 연주했다. 이 새로운 시도의 음악회가 사람들에게 널리 알려지면서 다른 연주단체의 각종 공연들이 이곳에서 펼쳐지게 되었다. 아무도 눈여겨보지 않았던 빈 공간이 훌륭한 문화공간으로 재탄생한 것이다.

◆◆◆

교장 선생님, 귀여워예!

작년에 서울예고에서 오케스트라와 함께 연습할 때였다. 그날따라 학생들이 약간 경직되어 있는 것처럼 보였다. 분위기를 유쾌하게 바꿀 겸 나는 아이들에게 이렇게 말했다.

"여러분, 음악은 원래 댄스에서부터 시작된 거예요. 몸을 흔들며 흥겹게 춤을 추다 보니 악기도 만들게 되고 음악도 생겨나게 된 거죠. 음악이란 춤추듯 즐겁게 해야 돼요."

좋은 연주를 하려면 연주자가 리듬을 잘 타야 한다. 흥이 나야 한다는 말이다.

그런데 클래식 음악 연주자들은 대부분 자리에 앉아서 연주를 하는 까닭에 춤추듯 리듬을 타면서 연주하는 데 익숙하지 못하다. 그냥 점잖게 자기 파트 연주에 충실할 뿐이다. 특히 우리나라 연주자들의 경우 양반 기질이 있어서 그런지 이 같은 경향이 더욱 심하다.

나는 빠르고 경쾌한 음악을 연주하도록 한 뒤 아이들에게 몸을 움직이라고 말했다. 그러면서 내가 먼저 일어서서 음악에 맞춰 춤을 추기 시작했다.

순간 아이들은 당황스러운 표정을 지었다. 교장 선생님이 어린 학생들 앞에서 천진난만하게 춤을 추는 광경을 생전 처음 봤기 때문이다. 함께 일어나서 춤을 춰야 할지, 박수를 쳐야 할지, 아니면 참으시라고 만류를 해야 할지 난감한 듯했다.

나는 아이들에게 다시 말했다.

"소 왓?"

뭐라도 잘못된 게 있느냐는 반문이었다.

그때였다. 뒤쪽에 앉아 있던 남학생 한 명이 갑자기 이렇게 말했다.

"선생님, 귀여워예!"

오보에를 연주하는 학생이었다. 그 아이가 경상도 억양으로 이렇게 말하는 순간 강당 안은 웃음과 환호로 넘쳐났다. 그날 연습이 유쾌하게 진행되었음은 물론이다.

$$\blacklozenge \blacklozenge \blacklozenge$$

시장님께 전화하세요

부산에 KNN~Korea New Network~이라는 민영 방송사가 있다. 텔레비전, 라디오, 인터넷 등 다매체, 다채널로 종합 디지털 네트워크를 구축하고 있는 기업이다. 그 방송사 안에 오케스트라가 있다. 창단된 지 1년쯤 지나자 지휘자 자리가 공석이 되었다.

그 무렵 KNN 측에서 내게 도움을 청해 왔다. 오케스트라 지휘를 맡아 달라는 것이었다. 나는 그러겠다고 했다. 직접 벤처 오케스트라를 운영해 본 경험이 있는 데다 그곳이 고향인 부산이기도 했고, 이야기를 들어보니 상황이 긴박했기 때문이었다.

KNN 오케스트라에서는 매년 인근 지역을 순회하며 연주회를 했다. 지난해에는 나와 함께 경남에 있는 세 도시를 순회하면서 연주회를 했는데, 반응이 굉장히 좋았다. 올해에는 김해, 창원, 진주, 거제 이렇게 네 개 도시를 다니면서 연주회를 가졌다. 역시 청중의 호응이 뜨거웠다. 오케스트라 기량도 점점 좋아졌다.

얼마 전에는 부산광역시교육청에서 연락이 왔다. 교육청 가족들을 위해 음악회를 해줬으면 좋겠다는 것이었다. 연주 장소는 북구에 있는 9백 석 규모의 콘서트홀이었다.

부산광역시교육청은 행사 준비에 여념이 없고, KNN 오케스트라는 처음 서 보는 큰 무대를 위해 연습에 분주할 때였다. 콘서트홀 관장에게서 다급하게 전화가 걸려 왔다.

"선생님, 매진입니다! 초대권 발매를 시작한 지 3분 27초 만에 표가 동이 났습니다."

"아, 그래요? 잘됐네요."

관장은 콘서트홀이 개관한 지 5년 만에 이런 일은 처음이라면서 흥분했다.

예매의 열기는 공연장에서도 그대로 이어졌다. KNN 오케스트라의 연주도 좋았지만 청중의 태도나 반응 또한 매우 훌륭했다. 교육감이 기립해서 박수를 치자 많은 사람들이 자리에서 일어나 열렬한 환호를 보냈다. KNN 오케스트라 단원들 역시 감격을 감추지 못했다.

"여러분, 좋으셨죠?"

연주가 끝난 뒤 앙코르 공연 전에 나는 뒤돌아서서 마이크를 잡고 말했다.

"이 오케스트라는 정부나 시로부터 전혀 지원을 받지 않는 오케스트라입니다."

내 말에 청중 모두 놀라는 표정이 역력했다.

"그런데 여러분 연주를 들어서 아시겠지만 어느 오케스트라보다 잘하지 않습니까? 여러분, 시장님께 전화하세요. 예산 한 푼 없이 이렇게 잘하는 오케스트라에도 지원이 있어야 하지 않겠습니까? 시장님한테 전화하세요."

내 이야기에 청중석에서는 공감의 박수가 터져 나왔다.

앙코르 연주를 시작하기 전 나는 마지막 코멘트를 덧붙였다.

"교육감님 저기 계시네요. 교육감님, 시장님께 오늘 공연 좋았던 걸 이야기해 주세요. 저도 두 달 후에 부산 시장님을 만날 일이 있는데, 저 역시 그때 이야기할게요."

2억 원짜리 음향 판

홈플러스 그룹을 이끌던 이승한 전 회장은 비즈니스 마인드가 뛰어난 사람이다. 항상 새로움을 추구하면서 어떤 도전도 두려워하지 않는 스타일이었다.

매장을 늘리기 위해 동분서주하던 그가 어느 날 수도권의 한 도시에 기발한 제안을 했다.

"시에서 홈플러스가 들어설 수 있게 부지를 제공해 주신다면 지하에는 홈플러스 매장을 짓고, 위층에는 멋들어진 콘서트홀을 지어 시에 기증하겠습니다."

시에 근사한 콘서트홀이 들어서면 시민을 위해 더없이 좋은 일이니 마다할 일이 아니었다. 오히려 문화 도시로서 위상을 높일 기회였다.

이 회장은 콘서트홀이 들어서면 내가 마음껏 음악회를 할 수 있게끔 선물로 주겠다는 약속까지 했다.

하지만 그 제안은 여러 사정으로 성사되지 못했고, 그 일을 까마득히 잊고 있던 나는 2006년 가을 경기 필하모닉 오케스트라 음악감독으로 취임했다.

그 무렵 이승한 회장을 만나 식사할 기회가 있었다. 밥을 먹으며 이야기를 나누다 보니 불현듯 예전에 그가 제안했던 콘서트홀 생각이 났다.

"이 회장님, 예전에 한 도시에 콘서트홀을 지어 주겠다고 제안했던 것 생각나시죠?"

"아, 그럼요. 생각나죠. 성사되지 못해 몹시 아쉬웠습니다."

"콘서트홀이 완공되면 제게 선물로 주겠다고 약속한 것도 생각나십니까?"

"그렇죠. 완공만 되었더라면……."

"그럼 제게 빚을 지신 셈이네요? 오늘 빚을 갚을 수 있게 해드리겠습니다."

"네? 무슨 일인데요?"

나는 그에게 새로 경기 필하모닉 오케스트라 음악감독을 맡게 된 일을 설명했다. 그러면서 경기 필하모닉 오케스트라의 연주홀인 경기도문화의전당 음향 시설이 너무 나빠 걱정이라고 말했다. 음향 판이

전부 합판으로 되어 있으니 소리의 울림이 엉망이었던 것이다.

"이 회장님, 홀은 안 지어 줘도 되니까 음향 판만이라도 교체해 주실 수 있을까요?"

"음향 판을 다 교체하려면 어느 정도 예산이 듭니까?"

"대략 2억 원 정도는 들 것 같습니다."

"좋습니다. 콘서트홀도 못 지어 드렸는데, 음향 판이야 당연히 해드려야죠."

그해 10월 20일 '새로운 시작'이라는 이름으로 경기 필하모닉 오케스트라의 첫 정기연주회가 열렸다. 전례 없이 티켓은 모두 매진되었다. 물론 경기도문화의전당 연주홀의 음향 판은 전부 새것으로 교체되어 있었다. 어려운 부탁을 선뜻 들어준 이 회장 덕분에 우리는 성공적으로 첫 연주회를 마칠 수 있었던 것이다.

◆ ◆ ◆

F1963

포스코센터 로비에서 열렸던 제야음악회로 인해 포스코와의 인연이 이어졌다. 포스텍_{포항공과대학교}에서 오케스트라 아카데미를 시작하게 된 것이다. 포스코가 포스텍을 만든 이유는 세계 어느 나라에도 뒤지지 않는 우수한 과학기술 인재를 배출하려는 것이었다. 나는 백성기 포스텍 총장을 만나 대화를 나누다가 문득 이런 이야기를 꺼낸 바 있다.

"총장님, 포스텍에서 오케스트라 아카데미를 해보면 어떨까요? 학교가 과학기술에만 집중하다 보니 좀 삭막한 것 같아요. 클래식 음악과 친숙해지면 두뇌가 유연해지지 않을까요?"

그렇게 해서 나는 매년 포스텍에서 음악을 부전공으로 하는 과학도들을 대상으로 오케스트라 아카데미를 진행해 오고 있다. 이 일에 많은 관심을 보인 사람 중 한 명이 고려제강 홍영철 회장이다. 그는 16년 동안이나 포스텍 재단 이사를 지내다가 물러날 즈음 학교에 상당한 액수의 기부금을 출연했다고 한다. 나중에 안 사실인데, 그는 이 돈으로 내가 이끌고 있는 음악 프로젝트가 중단 없이 이어지도록 해달라고 당부했다는 것이다.

오로지 학업과 연구에만 매진하는 우수한 인재들이 틈틈이 음악을 통해 삶을 풍요롭게 하고, 정신 건강에 도움이 되며, 심성을 맑게 가꿀 수 있도록 배려한 것이다. 나는 그의 바람에 보답하기 위해서라도 더 깊은 애정을 가지고 포스텍에 내려가 학생들을 위해 연주회도 하고, 뮤직 캠프나 오케스트라 아카데미 등 다양한 프로젝트를 수행하고 있다.

문화와 예술을 사랑하는 일에 누구보다 열정이 많은 홍영철 회장이 또 하나의 야심작으로 선보인 것이 'F1963'이다. 세계 최대 특수 선재 회사인 고려제강이 부산시 수영구 망미동에 처음 공장을 지은 해가 1963년이다. 회사의 역사를 고스란히 간직한 낡은 공장을 완전히 새롭게 꾸며 부산을 상징하는 문화 공장으로 탈바꿈시킨 것이다. 이미 짐작했듯이 여기서 'F'는 공장, 즉 'Factory'를 의미한다. 1963년부터 2008년까지 45년 동안 와이어로프를 생산하던 공장이 2016년 9월부터 자연과 예술, 인간과 문화가 공존하는 새 터전이 되었다.

나는 해운대 근처에 이런 근사한 공간이 생긴다는 그의 설명을 들

공장에서 멋진 복합문화공간으로 변신 중인 부산의 F1963

고 깜짝 놀랐다. 연주홀에서 베토벤 교향곡 시리즈와 실내악 연주 등 여러 차례 음악회를 열어본 결과 다른 연주홀에서는 갖지 못했던 독특한 느낌을 받았다. 이 공간은 기업의 역사만을 간직한 곳이 아니라 기업이 문화와 예술을 통해 사회와 소통하는 아름다운 다리 역할을 할 것 같다는 생각이 들었기 때문이다.

홍 회장은 이곳에서 또 다른 실험을 준비 중이다. 그것이 무엇인지 구체적으로 알 수는 없지만 어느 날 그는 내게 이렇게 운을 뗀 적이 있다.

"이 공간이 완성되면 여기 와서 마음껏 음악회도 하시고, 부산 지

F1963 석천홀에서 열린 2018 베토벤 심포니 사이클

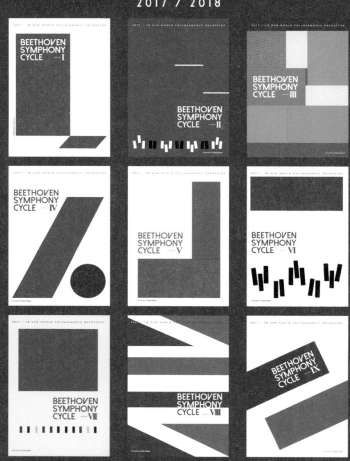

2017 / 18 베토벤 심포니 사이클을 위해 직접 디자인한 프로그램북 표지

역의 문화 발전에 도움이 되는 일을 해주셨으면 좋겠습니다."

자신이 평생 일군 가치를 지역과 사회를 위해 기꺼이 환원하는 이런 모습이 우리 사회의 귀감이 되었으면 좋겠다.

◆ ◆ ◆

작은 친절 큰 행복

몇 년 전 세상을 떠난 링 퉁이라는 지인이 있었다. 내가 KBS교향
악단을 지휘할 때 만난 그는 홍콩 필하모닉 오케스트라 상임지휘자를
역임한 인물이다. 그는 중국인이지만 미국에서 학교를 다녔으며, 미국
인 여성을 만나 결혼했다. 그가 내게 직접 들려준 일화다. 자신이 필라
델피아 오케스트라에서 바이올리니스트로 활약할 때였다고 한다.

어느 날 연주회를 앞두고 홀에 들어가려는데, 입구에 한 소년이 서
있는 걸 목격했다. 초조한 듯 혹은 긴장한 듯 서성이는 소년을 보니
왠지 음악을 듣고 싶은 마음은 간절하지만 표가 없어 입장하지 못하
는 것 같은 느낌이 들었다. 그가 소년에게 다가가 물었다.

"음악회에 가려고 온 거니?"

"네……."

"저런, 그런데 표가 없어서 들어가지 못하는 거로구나?"

"……."

"자, 들어가자. 나랑 같이 가면 괜찮아. 나는 이 오케스트라 단원이거든."

그는 소년을 데리고 홀에 있는 대기실로 들어갔다. 그런 다음 오케스트라 매니저에게 사정을 이야기하고 소년이 편안히 연주를 감상할 수 있도록 좌석을 마련해 주었다. 홀에는 언제나 빈자리가 있기 마련이라 소년에게 자리 하나 마련해 주는 것은 어려운 일이 아니었다.

그는 소년에게 이렇게 말했다.

"음악회가 끝나면 그냥 가지 말고 나를 꼭 만나고 가렴."

소년은 객석에 앉아 즐겁게 음악을 감상한 다음 연주가 끝난 뒤 다시 링 퉁을 찾아왔다.

"멋진 연주를 들었으니 이제 지휘자님을 한번 만나 볼래?"

링 퉁의 말에 소년은 자신의 귀를 의심했다. 당시 필라델피아 오케스트라 지휘봉을 잡고 있던 사람은 유진 오르만디였다. 헝가리에서 태어난 그는 40여 년 동안이나 필라델피아 오케스트라를 이끌며 '필라델피아 사운드'라는 특유의 색채를 만들어낸 전설적인 지휘자였다. 이런 거장을 직접 만나게 해준다니 얼마나 놀랐겠는가. 소년은 유진 오르만디를 만나 악수도 하고 사인도 받은 다음 기쁜 마음으로 돌아갔다.

그로부터 십여 년의 세월이 흘렀다. 우연히 필라델피아 오케스트라 후원자 명단을 들여다보던 링 퉁은 낯익은 이름 하나를 발견했다. 예전에 자신이 마련해 준 자리에 앉아 음악을 감상했던 소년의 이름이었다. 그 소년은 잘 장성하여 변호사가 되어 있었다. 그는 소년의 이름을 기억하며 말할 수 없는 행복을 느꼈다고 했다. 작은 친절이 행복을 낳고, 그 행복이 나눔과 후원으로 이어지게 된 것이다.

비록 세상을 떠났지만 그를 생각할 때마다 그가 들려준 이 이야기가 떠오른다.

◆ ◆ ◆

선생님 그때 짱이었어요!

   서울예고 교장이 되고 나서 첫 번째 개교기념일 행사 때 이런 일이 있었다. 목사님의 기도가 시작되었다. 기도 시간에 눈을 감고 있어야 하지만 나는 학생들이 어떤 자세로 기도하고 있는지 살펴보기 위해 살며시 눈을 뜨고 강당 안을 둘러봤다. 순간 놀라지 않을 수 없었다. 조용히 기도하기는커녕 서로 키득거리며 이야기를 나누는 학생도 있었고, 심지어 태연히 우유를 마시는 학생도 있었다. 목사님의 기도가 끝나자마자 나는 마이크를 잡았다.

   "여러분, 우리 학교가 좋은 학교인가요? 자랑스러운 학교인가요? 그렇다면 종교가 다르고 생각이 다르더라도 목사님께서 기도하시는데, 함께 기도해야 하지 않을까요? 잡담을 나누거나 우유를 마시는 건 바른 태도와 예의가 아니라고 생각해요. 그렇지 않나요?"

강당 분위기가 찬물을 끼얹은 듯 고요해졌다.

새로 부임한 교장 선생님이 정색을 하고 학생들을 나무라면서 채플은 좀 싸늘한 분위기 속에 끝났다. 하지만 나는 말하지 않을 수 없었다. 음악도, 예술도, 교육도 기본적인 인성이 갖춰진 다음에 추구해야 할 것들이지 결코 이들보다 우선하는 게 아니다.

비슷한 일이 2년 전에도 있었다. 예원학교와 서울예고는 같은 재단에 속한 학교라서 입학식이나 졸업식을 함께 치르는 경우가 있다. 그 날도 여러 손님을 모신 가운데 두 학교의 입학식이 같이 치러졌다. 운동장에 천 몇백 명의 학생들과 이들을 축하하기 위해 온 학부모들까지 있으니 소란스럽기 그지없었다. 식순에 따라 교장이 기념사를 하는 시간이 되었다.

"여러분, 오늘이 무슨 날인가요? 손님들과 학부모님들을 모시고 새 출발을 다짐하는 기쁜 날이에요. 그런데 왜 이렇게 시끄러운 거죠? 이건 최고의 예술 학교라는 예원학교와 서울예고에 입학한 학생들의 올바른 자세라고 할 수 없어요. 안 그런가요?"

나는 손님들 앞에서 근사한 기념사를 하지 않았다. 학생들이 와자지껄 떠드는데, 아무리 멋진 말을 한들 무슨 소용이 있겠는가. 아이들을 그대로 두고 본 선생님들에게도 쓴소리를 했다. 입학식 분위기가 다소 머쓱해졌지만 나는 이런 게 더 중요한 교육이라고 생각한다.

얼마 전 성남아트센터 콘서트홀에서 성남시향의 연주회가 있었다. 연주를 마치고 대기실로 향하는 도중에 어떤 서울예고 학생이 기다리고 있다가 웃는 얼굴로 달려왔다.

"교장 선생님, 사인 좀 해주세요."

나는 사인을 해주고 함께 기념사진을 찍었다. 그때 그 학생이 불쑥 이런 말을 했다.

"선생님, 저는요. 2년 전 입학식 때 아이들이 너무 많아 진짜 시끄러웠는데, 교장 선생님이 연설 안 하시고 떠든다고 우리들 야단치신 거 정말 좋았어요. 그때부터 저는 선생님을 존경하게 되었어요. 선생님 그때 짱이었어요!"

나는 그 학생이 오늘 연주가 참 좋았다고 말할 줄 알았다가 전혀 다른 이야기를 하는 바람에 깜짝 놀랐다.

◆ ◆ ◆

음악은 끊임없는 소통이다

박삼구 회장이 형님 뒤를 이어 금호아시아나그룹을 이끌게 되었을 무렵 우연히 그와 티타임을 갖게 되었다. 금호아시아나그룹은 문화재단을 통해 많은 예술인을 후원하고 있었다.

"회장님, 대다수 오케스트라는 뉴욕 카네기홀에서 연주하는 걸 좋아합니다."

"그렇죠."

"그런데 저는 우리나라 음악의 발전된 모습을 제대로 보여주려면 미국 지성의 상징인 보스턴 같은 도시에 가서 연주를 하는 게 어떨까 생각합니다."

그는 내 말에 전적으로 동의해 주저하지 않고 비행기 표를 전부 제공해 주겠다고 약속했다. 그때 나는 교장이 아니었지만 서울예고 오케스트라를 데리고 갔다.

2007년 10월 16일부터 27일까지 서울예고 챔버 오케스트라가 보스턴에 있는 대학을 돌며 연주 투어를 하는 일정이었다. 열일곱 살이된 1학년 학생들을 중심으로 27명의 단원을 구성했다. 출발 전날 서울예고 강당에서 리허설을 한 다음 단원들에게 이렇게 당부했다.

"음악은 소통입니다. 나와 다른 단원들 간의 소통, 연주자와 지휘자간의 소통, 오케스트라와 청중 간의 소통, 이것이 음악입니다. 좋은 팀워크를 만드는 기회가 되기 바랍니다."

첫 연주회는 하버드대학교 페인홀에서 열렸다. 러시아 작곡가 쇼스타코비치의 '챔버 심포니 8번 C단조'를 연주했다. 제2차 세계대전 당시 희생된 사람들에 대한 추모와 전체주의에 대한 반감을 형상화했기에 다소 무거우면서도 박진감 넘치는 곡이다. 학생들은 연주가 시작되자 피곤함도 잊은 채 호흡을 맞추기 시작했다.

두 번째 연주회는 MIT에서 열렸다. 오케스트라의 연주는 전날보다더 세련된 화음을 선사했고, 홀을 가득 메운 청중은 열렬한 기립 박수로 연주자들에게 화답해 주었다.

뉴잉글랜드 콘서바토리와의 실내악 연주와 마스터클래스 이후 마지막 공연은 건축을 예술로 탈바꿈시킨 현대 건축의 거장 프랭크 게리가 설계한 바드칼리지의 피셔 센터에서 진행되었다. 우리는 아름다

2007년 바드 컬리지 피셔 센터에서의 공연

운 숲속에 자리한 미국 최고의 소규모 콘서트홀에서 그동안 조율했던 팀워크를 마음껏 발휘한 채 연주를 마무리했다.

보스턴 연주회에 대한 호응이 좋았기 때문에 연주 투어는 계속 이어질 수 있었다.

다음 해에는 내가 명예교장을 맡고 있던 경북예고 챔버 오케스트라와 함께 미국 서부 지역 연주에 나섰다. 오디션을 통해 뽑힌 1, 2학년 학생들 24명으로 구성된 팀이었다. 서울에서의 연주도 자주 갖기 어려웠던 학생들은 미국 대도시와 명문 대학에서의 연주 소식에 흥분을 감추지 못했다. 2008년 10월 22일 우리는 스탠퍼드대학교에서 연주회를 가졌고, 25일에는 샌프란시스코 콘서바토리에서 연주회를 가졌다. 나는 벤저민 브리튼의 '심플 심포니'와 비발디의 바이올린 협주곡 '사계' 등을 연주했으며, 한국의 민요와 가곡도 두루 소개했다.

◆◆◆

동포들을 울린
농어촌 청소년들의 연주

한국마사회에서 후원하는 '농어촌 희망 청소년 오케스트라KYDO, Korea Young Dream Orchestra'를 이끌기 시작한 것은 2011년부터였다. 이 오케스트라는 도시처럼 문화 예술의 혜택을 받지 못하는 농어촌 지역에서 모집한 청소년들로 이루어져 있다. 나는 전국을 다니면서 이들을 지도한 뒤 합숙 훈련을 거쳐 세종문화회관에서 창단 발표회를 가졌다.

이후 매년 연주회를 이어가던 우리는 2016년 러시아 사할린에 가서 연주를 했다. 한인 동포들에게 조국에 대한 자부심과 긍지를 심어 주기 위해서였다. 광복 71주년을 상징하는 의미로 오케스트라는 한국 연주자 35명, 사할린 연주자 35명으로 구성해 나까지 모두 71명이 되

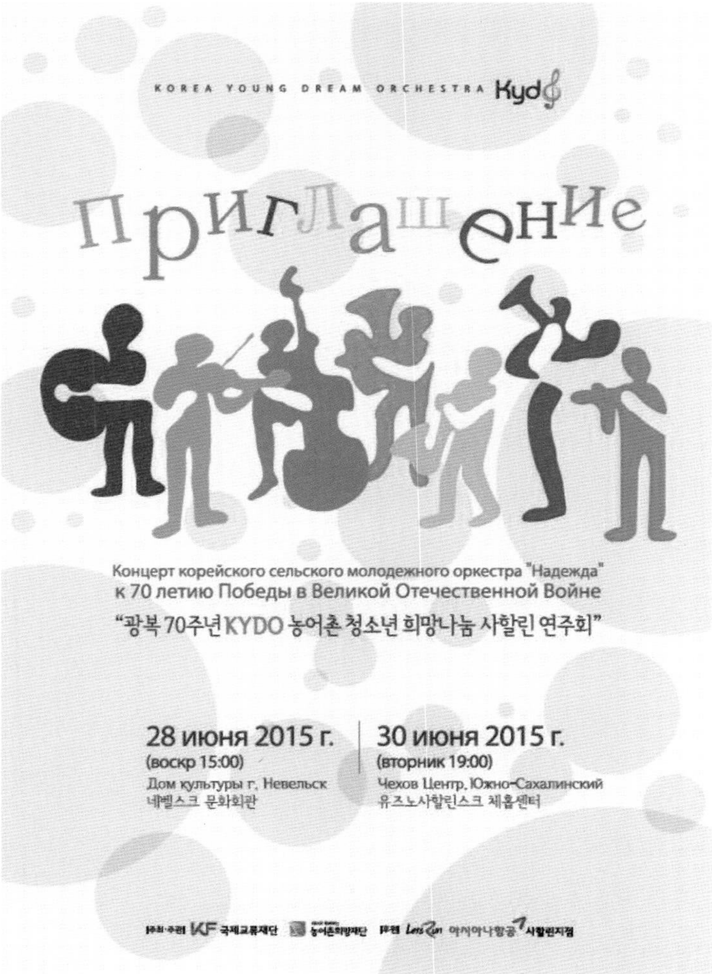

KYDO 사할린 공연 포스터

도록 했다.

사할린은 1940년대 일본에 의해 징용으로 끌려간 한인 동포들이 살고 있는 곳으로 한국을 제외하면 지구상에서 한인 밀집도가 가장 높은 지역이다. 강제 징용된 한인들 가운데 상당수는 혹독한 강제 노역에 시달리다 사망하거나, 1945년 일본의 패전 이후 생을 마감했다고 한다. 현재는 한인 1세와 그 후손 등 약 5만여 명의 교민들이 모여 살고 있다.

첫 번째 공연은 네벨스크 시 문화회관에서 열렸다. 나는 차이콥스키의 '세레나데'를 연주했다. 이어 유즈노사할린스크 시립오케스트라와의 협연으로 사할린 동포들에게 친숙한 아람 하차투리안의 왈츠와 바실리 솔로비요프 세드이의 '모스크바의 밤', 그리고 우리에게 익숙한 러시아 민요 '백만 송이 장미꽃' 등을 연주했다.

두 번째 공연은 항구 도시인 코르샤코프 시에 있는 망향의 동산에서 펼쳐졌다. 일제강점기에 이곳으로 끌려온 한인 동포들은 시간이 날 때마다 이 언덕에 올라 먼 바다를 내다보며 남쪽에 있는 고향을 그리워했다고 한다. 훗날 사람들은 이곳을 망향의 동산이라 부르며 눈물로 세월을 보낸 것을 기리는 기념비를 세웠다. 우리는 한 많은 세월을 보낸 조상들에 대한 묵념을 한 뒤 주변 청소를 하고 나서 망향을 위로하는 작은 음악회를 열었다. 키도 단원들은 우리나라를 대표하는 가곡인 '아리랑'을 연주해 동포들의 그리움과 한을 씻어주었다.

마지막 무대는 유즈노사할린스크 시에 있는 비즈니스 센터에서 열렸다. 이곳은 한인 동포들이 가장 많이 사는 지역으로 사할린 정치, 경제, 문화의 중심지이기도 했다. 우리와 함께 사할린 시립오케스트라와 청소년 예술학교 오케스트라가 아름다운 하모니를 만들어냈다.

연주가 끝난 뒤 학생들이 거나나 시장 등지로 구경을 나가면 연주회에서 이들의 음악을 들었던 아주머니와 할머니 그리고 상인들이 이들의 손을 붙잡고 친근감을 표했다고 한다.

"학생들, 어제 회관에서 연주하던 학생들 맞죠?"

"어, 할머니 저희를 기억하세요?"

"아무렴, 음악 정말 좋았어요. 어쩌면 그리 고운 음악을 잘도 연주하는지……."

어떤 분은 눈시울을 붉히기도 하고, 어떤 분은 먹을 것을 집어 주기도 했다는 것이다. 대도시 학생들에 비해 경제적으로나 문화 예술적으로 소외되었던 청소년들이 자신들이 연주한 음악을 통해 오랜 세월 소외된 채 살아온 동포들을 위로하고 왔다는 것은 대단히 의미 있는 일이었다. 어쩌면 이들이 프로페셔널 오케스트라가 아니라 어려운 환경에서 자란 농어촌 청소년들이었고, 연주 또한 투박하지만 꾸밈없이 진솔했기에 이런 깊은 울림과 감동을 줄 수 있었던 게 아닌가 하는 생각이 든다.

❖❖❖

어느 교수의 지극한 제자 사랑

　독일 베를린에 있는 음악대학 한스 아이슬러에 울프 발린 교수가
있다. 그는 나와 오래전부터 협연을 했던 스웨덴 출신의 바이올리니스
트다. 하루는 그에게서 전화가 걸려 왔다.

　"제가 가르치는 학생 중에 박수예라는 한국인 학생이 있는데, 정말
재능이 뛰어납니다. 보통 실력이 아니에요. 그 학생을 가르치다 보니
미스터 마에스트로가 생각나더군요. 제 생각에는 이 학생이 금 선생
님 오케스트라와 함께 연주하면 정말 좋을 것 같아요. 이렇게 재능 있
는 학생에게 기회를 줘야 하지 않겠어요?"

　"오케이, 무슨 말인지 알겠어요. 당연히 그래야죠."

　나는 훌륭한 인재를 찾아내 그들을 격려하는 것이 내게 주어진 또

다른 역할이라고 생각했다. 그래서 초등학교 6학년이던 첼리스트 장한나를 수원시향 정기연주회 때 무대에 세웠으며, 아홉 살밖에 되지 않은 바이올리니스트 사라장을 KBS교향악단 신년 음악회 때 무대에 세웠던 것이다. 지금은 세계적인 연주자로 우뚝

2017/18 베토벤 심포니 사이클 공연 포스터

선 음악가들이다. 실력만 있다면 다른 건 따질 필요가 없다는 게 내 생각이다. 전화를 받고 나서 그때 일들이 떠올랐다.

나는 울프 발린 교수의 말을 전적으로 신뢰했기에 더 이상 아무것도 묻거나 알아보지 않고 성남시향 정기연주회에 박수예 학생을 초청했다. 결과는 대만족이었다. 나이답지 않게 당차고 뛰어난 바이올린 연주였다.

그런데 놀란 것은 그다음이었다. 청중의 뜨거운 반응 속에 연주회

를 마치고 나오는데, 객석에서 갑자기 울프 발린 교수가 나타난 것이다. 자신이 추천한 제자의 연주를 보기 위해 사전에 내게 아무런 귀띔도 없이 독일에서 한국까지 비행기를 타고 온 것이다.

나는 이 학생의 재능이 대단하다고 생각했기에 다음 해 뉴월드 필하모닉 오케스트라와 함께 부산 F1963에서 차이콥스키 바이올린 협주곡을 연주했으며, 지난해 성남시향에서 북아프리카 튀니지에 가게 되었을 때도 독일에서 바로 합류해 협연하도록 했다. 이 학생은 음악만 잘하는 게 아니라 사고방식도 넓고 사교적이었다. 게다가 독일어는 물론 영어도 참 잘했다. 튀니지에서 아침 방송에 출연을 했는데, 막힘없이 영어 인터뷰에 응하는 모습이 인상적이었다.

◆◆◆

감사할 줄 아는 음악

2017년 7월 14일에는 서울예고 챔버 오케스트라와 함께 도쿄음악대학을 방문해 100주년기념홀에서 합동 공연을 했다. 음악을 통해 한국과 일본의 젊은 예술가들이 긴밀히 교류할 필요가 있다는 생각에서였다.

그즈음 삼양홀딩스 김윤 회장을 만나 경제계에서도 이런 일에 좀 더 관심을 가져 달라고 당부한 일이 있다. 한일경제협회장을 맡아 평소 한일 양국의 경제인 교류에 앞장서 온 분으로서 김윤 회장은 깊은 공감을 표하며 개인적으로 항공요금을 전액 부담하겠다고 했다. 덕분에 학생들은 홀가분하게 연주에 전념할 수 있었다.

그런데 김윤 회장은 경비만 지원한 것이 아니라 직접 부부 동반으

2018년 서울예고와 도쿄음악대학 학생들이 함께한 공연

로 연주회장을 방문해 한일 젊은 연주자들의 음악을 다 듣고 나서 이

들을 따뜻하게 격려해 주었다. 다음 날에는 서울예고 챔버 오케스트

라 전원을 좋은 레스토랑에 초대해 식사를 함께하며 격의 없이 이야

기를 나누는 자리까지 마련해 주었다. 학생들을 사랑하고 배려하는

마음이 고마웠다.

식사 후 돌아가며 한마디씩 소감을 말할 기회가 있었는데, 비올라

를 연주하는 한 여학생이 이런 이야기를 꺼냈다.

"저는 집안 형편이 여의치 않아 연주회에 오지 못할 것 같아 고민을 많이 했습니다. 그런데 회장님께서 비행기 표를 마련해 주셔서 걱정 없이 올 수 있었습니다. 정말 감사합니다."

연주회를 잘 마치고 돌아온 뒤 나는 학생들과 함께한 자리에서 말했다.

"음악은 결국 마음을 전달하는 거예요. 마음에서 우러난 연주, 마음을 울리는 음악이 아니면 청중의 마음도 얻을 수 없는 것이죠. 우리가 받은 따뜻한 마음을 음악으로 돌려드리는 건 어떨까요?"

아이들은 모두가 한마음으로 좋다고 했다. 마침 삼양그룹이 경기도 판교에 새로 지은 R&D 건물 안에 200석 규모의 작은 홀이 있다는 걸 알게 되었다. 삼양홀딩스와 조율해 그 홀에서 서울예고 챔버 오케스트라가 연주할 수 있는 기회를 마련했다. 얼마 뒤 직원들이 가득 들어찬 홀 안에는 학생들이 연주하는 아름다운 음악이 울려 퍼졌다.

인생이라는 이름의 오선지 위에도 음표처럼 배려와 감사 같은 것들이 채워져야만 비로소 아름다운 소리가 울려 나올 수 있지 않을까.

◆ ◆ ◆

에필로그

아름다운 선물

음악가 중에는 유머와 위트가 뛰어났던 사람이 많습니다. 자신이 만든 음악 속에 풍자와 해학을 곳곳에 배치해 청중에게 즐거움을 선사하려고 노력한 음악가 중 대표적 인물은 교향곡의 아버지로 불리는 오스트리아의 작곡가 하이든입니다. 그가 만든 교향곡 가운데 가장 재미있으면서도 많이 알려진 것은 94번 교향곡이죠. 일명 '놀람 교향곡'으로 알려진 이 곡은 전체가 4악장으로 이루어져 있어요. 2악장의 시작은 단순하고 여린 선율이 감미롭게 반복됩니다. 처음 8마디는 '피아노ₚ, 여리게'로 조용히 연주되고, 그다음 8마디는 '피아니시모ₚₚ, 매우 여리게'로 더 작은 소리로 잔잔하게 연주되죠. 그러다가 마지막 16마디에 이르면 갑자기 '포르티시모ff, 매우 크게'로 연주되면서 팀파니 소리와

267

함께 청중을 깜짝 놀라게 만듭니다. 단순한 선율의 반복에 졸고 있던 한 부인이 이 부분이 연주될 때 화들짝 놀라 자리에서 벌떡 일어났다는 일화가 전해진답니다. 이야기의 진위는 알 수 없지만 이로 인해 하이든의 교향곡 94번은 '놀람 교향곡'이라는 재미난 이름이 붙게 되었습니다.

'고별 교향곡'이라는 별명을 가진 교향곡 45번도 그의 유머와 위트가 잘 녹아 있는 곡입니다. 이 곡이 완성된 1772년 하이든은 에스테르하지가에 머물고 있었죠. 후작은 매년 여름이면 피서용 여름 궁전으로 단원들을 데리고 가서 놀다 오곤 했습니다. 하지만 그해 따라 후작은 가을이 다가왔는데도 본궁으로 귀환하려 하지 않았어요. 단원들은 가족들에게 가고 싶었지만 후작이 집으로 보내주지 않자 연주를 하면서도 신이 나지 않았답니다. 이들의 불만을 알아챈 하이든은 교향곡 45번 4악장에 기막힌 풍자를 가미했습니다. 빠르게 시작된 곡이 갑자기 잔잔해지면서 연주자들이 한 사람씩 촛불을 끄고 무대에서 퇴장하도록 한 것이죠. 결국 두 명의 바이올린 연주자만 남게 되었어요. 집에 가고 싶다는 무언의 시위였던 겁니다. 후작은 음악에 담긴 메시지를 이해하고 다음 날 바로 집으로 보내주었다고 하네요.

아버지를 생각하면 하이든이 떠오릅니다. 하이든처럼 많은 곡을 쓰지는 않았으나 최소한 아버지는 하이든보다 더 유쾌하게 살다 간 분이었습니다. 주변 사람들을 깜짝 놀라게 만드는 일도 자주 하셨지만 어려운 처지에 빠진 사람이 있으면 그냥 지나치지 못하고 늘 챙겨주시곤 했습니다. 아버지는 웃음도 많았지만 눈물도 많았습니다.

제가 어릴 때 살던 고향 집은 꽤 규모가 컸습니다. 6·25전쟁이 끝날 무렵 저는 여섯 살이었죠. 그즈음 부산은 피난민들로 북새통을 이루었습니다. 부산으로 모여든 음악가들 중에 아버지와 인연이 있던 분들은 수시로 우리 집을 드나들었고, 아버지는 이들을 외면한 적이 거의 없었습니다. 자연히 우리 집에는 손님들이 머무는 경우가 많았습니다. 그 와중에 아버지는 집에 피아노를 한 대 들여놓으셨답니다. 크리스마스이브가 되면 아버지는 부산에 머물던 음악가들을 집으로 초대해 음악회를 겸한 조촐한 파티 같은 걸 열곤 하셨죠. 전쟁 때문에 즐거울 게 없던 시절이긴 했지만 아버지는 음악에 대한 애정과 향수를 잃지 말고 다시 새 희망을 갖고 살자는 뜻에서 그런 모임을 가진 것 같습니다. 밤늦게 손님들이 돌아간 뒤 잠자리에 들어서도 저는 깊은 잠에 빠질 수가 없었습니다. 산타클로스 때문이었죠.

"와, 신난다! 이번에도 산타 할아버지가 먼저 다녀가셨네? 도, 레, 이게 내 거구나."

크리스마스 아침이면 눈을 뜨자마자 밖으로 뛰어나갔습니다. 역시나 집 앞 계단에는 형제들의 선물이 차례대로 놓여 있었습니다. 산타클로스가 다녀간 것이죠. 순서는 도, 레, 미, 파, 솔이었어요. 우리 형제가 다섯이었기에 선물은 항상 다섯 개였습니다. 저는 둘째니까 두 번째, 즉 레에 해당하는 선물이 제 것이었습니다. 음악가다운 아버지의 센스 넘치는 이벤트 때문에 저는 매년 크리스마스 새벽이면 어김없이 산타클로스 할아버지가 나타나 우리 다섯 형제들에게 골고루 선물을 주고 간다고 믿었습니다. 지금도 어린 시절을 생각하면 언제나 그 장면이 먼저 떠오릅니다. 아버지는 아무리 힘겹고 어려운 상황이라 할지라도 늘 그렇게 우리들 가슴속에 영원히 잊히지 않을 아름다운 선물을 주곤 하셨습니다.

글을 쓰다가 한 가지 깨달은 게 있습니다. 젊었을 때는 제 나름대로 아버지를 극복하기 위해 애를 썼는데, 나이를 먹다 보니 어느새 제가 아버지를 점점 닮아가고 있다는 생각이 든 겁니다. 자꾸 글도 쓰고 싶고, 노래도 부르고 싶고, 말도 많아지고, 이것저것 하고 싶은 일들이 늘어납니다. 어쩌겠습니까? 이것 역시 아버지에게서 물려받은 천성인 것을요.

아버지와 아들의 교향곡

초판 1쇄 인쇄 2019년 11월 11일
초판 1쇄 발행 2019년 11월 18일

지은이 금수현·금난새
펴낸이 김선식

경영총괄 김은영
기획 유승준
책임편집 임경섭 **크로스교정** 조세현 **디자인** 박수연 **책임마케터** 기명리
콘텐츠개발6팀 임경섭, 박수연
마케팅본부 이주화, 정명찬, 최혜령, 이고은, 권장규, 허지호, 김은지, 박태준, 배시영, 기명리, 박지수
저작권팀 한승빈, 이시은
경영관리본부 허대우, 하미선, 박상민, 윤이경, 권송이, 김재경, 최완규, 이우철

펴낸곳 다산북스 **출판등록** 2005년 12월 23일 제313-2005-00277호
주소 경기도 파주시 회동길 357 2, 3층
대표전화 02-704-1724 **팩스** 02-703-2219 **이메일** dasanbooks@dasanbooks.com
홈페이지 www.dasanbooks.com **블로그** blog.naver.com/dasan_books
종이·인쇄·제본 (주)갑우문화사

ISBN 979-11-306-2593-5 (03810)